로봇으로 × 산다는 건

로봇으로 산다는 건

발행일 2022년 3월 11일

지은이 김상백
펴낸이 손형국
펴낸곳 (주)북랩
편집인 선일영 편집 정두철, 배진용, 김현아, 박준, 장하영
디자인 이현수, 김민하, 허지혜, 안유경 제작 박기성, 황동현, 구성우, 권태련
마케팅 김회란, 박진관
출판등록 2004. 12. 1(제2012-000051호)
주소 서울특별시 금천구 가산디지털 1로 168, 우림라이온스밸리 B동 B113~114호, C동 B101호
홈페이지 www.book.co.kr
전화번호 (02)2026-5777 팩스 (02)2026-5747

ISBN 979-11-6836-208-6 03810 (종이책) 979-11-6836-209-3 05810 (전자책)

로봇으로 × 산다는 건

김상백 소설

북랩book Lab

| 작가의 말 |

생각, 행동, 이상, 열망이 학교 울타리를 벗어날 때는 자기 검열과 법령의 단호한 통제를 받아서, 사고의 원천인 배움과 경험이 제약되고, 학교 울타리 안에서만 유효한 지식과 지성을 최고의 선으로 추앙하는 관습으로, 정의와 부정의가 아닌 법령과 지침의 부합을 따지는 두뇌로 경도되었다.

상부가 거짓과 퇴행을 종용해도, 상부가 스스로 무너질 때까지 소심하게 거짓과 퇴행을 실천하며 자기화되었다.

세상의 데이터를 폭식하는 AI를 우두커니 바라보며 그들보다 나은 로봇이 나라고 우기고 있다.

2022넌 3월

김상백

차 례

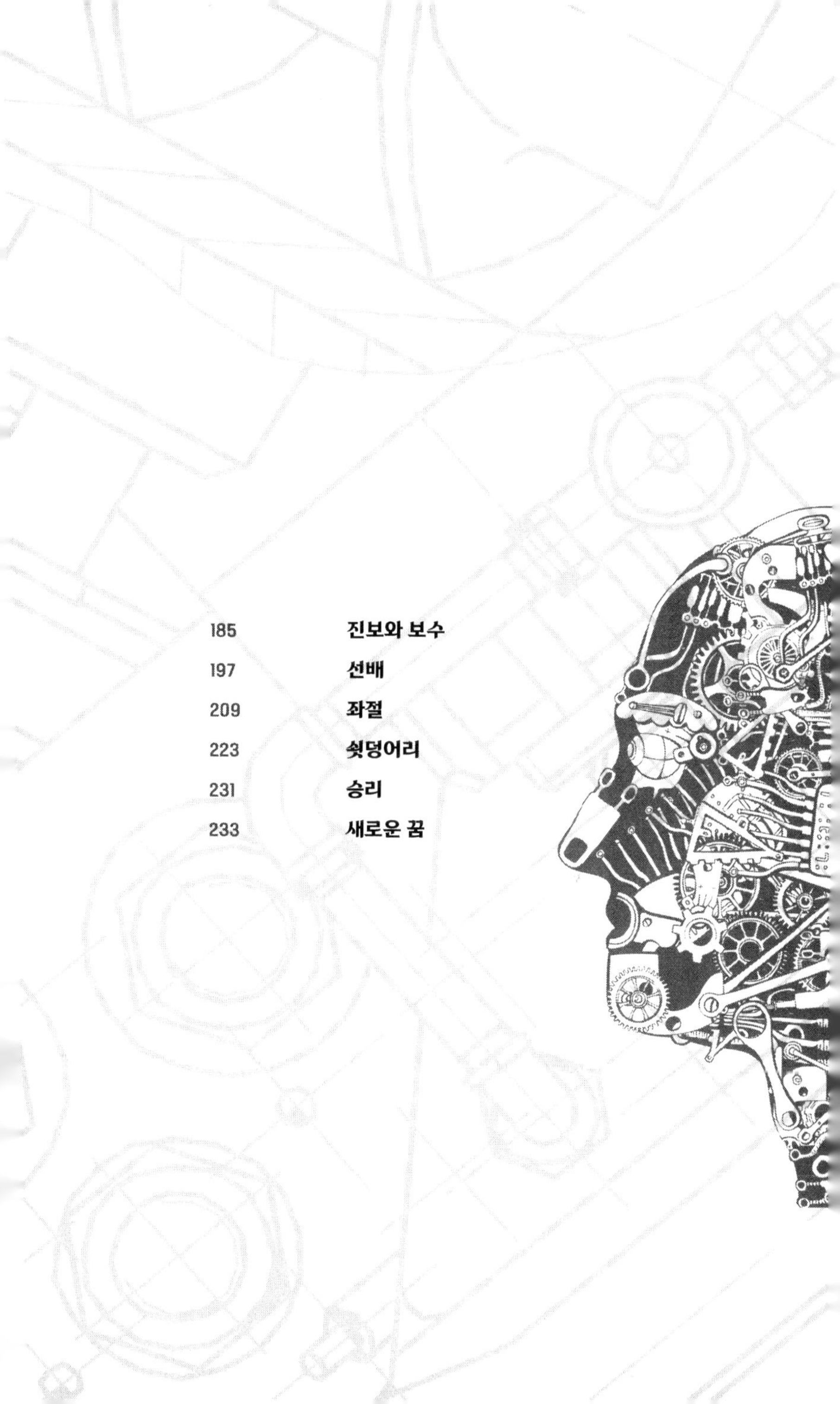

초원 막걸릿집

"김장 로봇, 오래간만이야!"

"최장 로봇이 어쩐 일로 전화를 다 했어? 하기야 우리 만난 지도 오래되었지. 로봇학교 퇴직하고 그동안 살갗에 붙어 있던 녹슨 쇳덩어리 뗀다고 힘들다는 소문은 듣고 있었어."

"말도 하지 마! 너무 힘들었어! 그런데 아직 다 못 뗐어…. 퇴직 얼마 안 남겨둔 아내조차 못 봐주겠다며 빨리 떼라고 하는데 평생 붙어 있던 것들이 떨어지려 하지 않는구먼…."

"최장 로봇 아내에게도 덕지덕지 붙어 있을 텐데

구박할 처지가 되는가?"

"이 양반아! 그래도 아내는 평교사로 퇴직하니 옷으로 가릴 수라도 있지. 그런데 갑자기 무슨 바람이 불어서 이른 아침에 전화를 다 했어? 퇴직하면 그동안 모자랐던 잠을 실컷 채울 것이라 하지 않았나?"

"허허허…, 그 잠이란 게 참 이상해, 채우려면 말짱한 정신이 쫓아내고 말짱한 정신이 필요할 때는 눈꺼풀이 너무나 쉽게 내려오고 입은 또 왜 그렇게 다물어지지 않아서 침이 흐르는지, 그건 그렇고 저녁에 한번 만나자고 전화했어."

"오늘 저녁에? 밥 먹게? 아니면 술도?"

"로봇 전성기 시절에 만났던 막걸릿집에서 만나. 막걸리 좋아했잖아. 설마 입맛이 달라진 건 아니지? 저녁까지 기다릴 필요 없이 점심때 만나서 막걸리 장복하며 로봇 시절 이야기 좀 하자. 이야기하다 보면 녹슨 쇳덩어리도 좀 떨어지겠지. 자기도 양심이 있으면 술값만큼은 떨어지겠지. 우리가 한창 로봇 생활할 때 술 한가득 들이켜고 나면 절로 로봇임을 망각했잖아. 알코올에 마취된 뇌도 쇳덩이를 인지하지 못해서 몸도 가벼웠고."

"어디서 만나게? 좋은 데 있어? 멀리는 가지 말자."

"거기 우리가 항상 마시던 데, 10호 광장 뒤 모텔 많이 있는 데. 이름이…, 그래! 초원 막걸릿집! 1시쯤에 보면 되겠지?"

"그 집 아직 장사해? 새롭겠는데. 그 집 아줌마 돌아가신 것은 아니겠지? 장사하는지 확인은 했어?"

"에이 뭐, 그대로 있겠지. 그 아줌마가 안 하면 다른 아줌마가 하겠지. 안 하면 시간도 많은데 운동 삼아 그 주변 둘러보고 아무 데나 들어가지 뭐!"

"여전하네. 그럼 1시에 거기서 보는데, 걸어온다고 제발 설치지 말라고. 저번에 자빠져서 궁둥이에 붙어 있는 녹슨 쇳덩어리 피해가며 수술한다고 고생했잖아?"

"그래그래! 이놈의 쇳덩어리는 짐만 되고 참 지랄이다. 언제 다 떨어질는지…."

초원 막걸릿집은 김장, 최장, 범장, 섭장 로봇이 주기적으로 만났던 막걸리 전문 주점이었다.

막걸릿집 이전에는 안주가 무신장 나오시반, 술값만 받는 실비집이었다. 이 집은 약초나물 위주의 안주를 주로 내놓아서 산을 좋아하는 중년들이 근처 모텔의 네온사인이 켜지기도 전에 북새통을 이루곤 했다.

로봇학교는 다른 직장보다 일찍 마치는데도 퇴근길에 그 집에 들르면 겨우 자리 하나 얻을 정도였다. 그러더니 어느 날 문을 닫았다.

몇 년이 지난 뒤 옛 생각이 나서 일부러 기대 없이 찾아갔더니 막걸리를 파는 집이 되어 있었다. 주저없이 들어가서 수곡 막걸리 두 통과 파전을 시켰더니 처음 본 손님을 오랫동안 잡아두고 싶은 아줌마가 얄궂은 얼굴을 하고 하얀 막걸리 두 통과 일부러 칠을 벗기고 쪼그라트린 양은 주전자와 잔 두 개를 들고 와서는 당연하다는 듯이 앉았다. 말을 걸 겨를도 없이, 막걸리 두 통을 거꾸로 잡아 손목을 휘황찬란하게 돌리며 양은 주전자에 붓는 기술에 헛웃음이 났다.

친구 로봇을 부르고 싶어서 휴대폰을 꺼내니 다급하게 "찍지 마소! 막걸리나 한잔 주면 돼요. 어떤 놈이 동영상 찍어서 올리는 바람에 우리 집 아이들이 이 일 하는 것을 알고는 당장 그만두라 해서 한동안 그만뒀다가 이제 겨우 몰래몰래 나오고 있는데…."

"내 참! 아줌마 찍는 게 아니라 술 짝에게 전화합니

다."

"많이 먹을 거요? 안 그러면 손님 들어오려면 시간이 좀 남았는데 내하고 마십시다. 로봇학교 다니는 로봇이 맞지요?"

"아줌마가 어찌 알았어요? 신통방통하네!"

"아이고 참! 그걸 아직도 몰라요? 로봇들은 안 그런 체해도 다 표가 나요. 하여튼 로봇들은 거기 문제야 문제! 한잔 따라보기나 하소."

이전의 실비집 아줌마보다 푸짐하고 걸쭉하더니 파전도 그랬다.

그 후부터 웬만한 술 모임은 초원 막걸릿집에서 했다.

애초 정부의 발표보다 코로나19 바이러스 변이 때문에 집단 면역력은 형성되지 않았고, 위드 코로나 정책으로 바뀌어, 몇 년을 못 가다가 오늘 그 집에 간다.

김장 로봇

김장 로봇은 정년퇴임을 몇 년 앞두고 명예퇴직을 했다. 남들은 출근만 하면 거액의 월급이 꼬박꼬박 나오는 그 좋은 로봇학교의 교장을 그만두는 것을 도무지 이해하지 못했다. 이해하지 않으려고 이유조차 묻지 않았다. 이유조차 묻지 않는 세상에 굳이 이유를 말하고 싶지 않아서 그를 아는 몇 로봇이 조촐한 모임으로 명예퇴임식 자리를 만들었지만 김장 로봇답게 나가지 않았다. 명예퇴임식은 허울이고 실상은 김장 로봇의 명예퇴임에 대해 본인들이 정해놓은 가십거리를 확인하려는 뻔한 자리였다. 술을 핑계 삼아

'빚이 많아서, 자식이 돈이 필요해서, 징계 때문에' 등의 온갖 말들이 술판에서 왕왕거릴 것이고, 정작 명예퇴임 이유를 말하면 '이왕 이렇게 되었는데, 우리 사이에 무슨 비밀이 있었나, 혹시 우리가 도움이 될는지 모르니 숨기지 말고 솔직하게 털어놔라' 같은 말로 진심을 들으려 하지 않을 그들이 아닌가?

김장 로봇은 그들 사이에 섞여서, 삶의 가장 많은 시간을 로봇학교에서 보내면서 로봇이 되기를 강요하는 그들이 싫었다. 점점 로봇으로 변해가는 자신들의 외형을 자랑하고, 심지어 보기 흉한 쇳조각에 녹이라도 끼면 떼어낼 생각은 않고 그게 무슨 자랑이나 되는 것처럼 폐기름으로 반질반질 윤을 내는 그들의 무감각과 무비판이 싫었다.

그런 그를 로봇들은 그냥 세상 물정 모르는 어리석은 로봇이라 여겼고 그런 그들과 이제는 함께하고 싶지 않았다.

김장 로봇은 그들이 자주 출몰하는 더러운 시궁창을 일부러 드나들며 녹슬어가는 쇳덩어리의 산화를 앞당기지는 않았지만, 우연히 들른 막걸릿집에서, 목욕탕에서, 산에서, 들에서, 로봇학교에서, 음침한 세상 모퉁이에서 그들은 더러운 혀로 김장 로봇을 인정사정 보지 않고 조롱했다.

그럴 때마다 김장 로봇은 미처 그들이 보지 못한 로봇의 모습을 보여주리라 다짐했다. 아가리를 우악스럽게 벌려 사정없이 혀를 뽑아버리고 그들의 만행으로 농축된 독하디독한 로봇의 배설물로 그 아가리를 가득 채우는 극악한 상상도 했었다.

김장 로봇이 로봇학교에 갓 들어갔을 때, 너무 독해서 로봇의 배설물에서는 풀 한 포기 자라지 않는다는 전설이 있었다.

김장 로봇은 이 전설이 사실인가 해서 CCTV가 없는 어두운 골목길이나 산과 들에서 배설물을 뿌리곤 했다. 그때마다 전설은 전설일 뿐이었는데 교감 로봇이 되고 나서부터 배설물이 묻은 생명이 시들기 시작하더니 교장 로봇이 된 이후에는 생명의 표피가 '뿌시식'하며 타들어가는 것이 아닌가! 그럴수록 로봇의 상징인 쇳덩어리가 더 늘어나서 몸이 경직됨에 따라 마음도 굳어졌다.

불가사리와 이무기들이 로봇학교를 찾아와서 더러운 혀를 날름거리거나 깽판을 지는 날에는 배설물을 묻히고 싶다는 묘한 충동을 억제하느라 정말 힘들었다. 로봇을 감싸는 쇳덩어리의 물리적 힘, 배설물의 위력을 보였다간 세상의 온갖 불가사리와 이무기의 패거리들이 기다렸다는 듯이 쾌재를 부르며 로봇학교를 그들의 수중으로 포획할 게 뻔해서 김장 로봇은 참고 참았다. 그 덫에 걸려들었다가 낭패를 당한 게 한두 번이 아니었기 때문이었다.

오늘은 그 덫들의 로봇학교가 아닌 초원 막걸릿집으로 꿈에 그렸던 오후 1시에 출근한다.

배설물을 희석하고 쇳덩어리 아래의 살갗을 벌겋게 달아오르게 하여 참을 수 없는 간지러움을 유발하는 막걸리였다. 살갗과 쇳덩어리 사이에 온 신경을 집중한 검지를 간신히 끼워 넣어 꼬무락거리며 간지러움을 해소하는 쾌감은 이루 말할 수가 없었다. 그러고 난 다음 날은 쇳덩어리가 살갗에서 조금 떨어져 나간 느낌이었다.

로봇 기본권

중턱의 오르막길에서 바라본 초원 막걸릿집 간판은 그대로였다. 간판도 막걸리에 절어서 썩지 않은 것인가? 아줌마가 새 단장을 했을까? 이런 의문 속에서 초록의 간판이 주는 설렘은 남달랐다. 간판이 머리맡으로 다가올수록 추억으로 입꼬리가 올라갔다.

반가움을 가득 담아 손잡이를 힘껏 당기니 종소리가 요란했다. 요란한 종소리가 사그라들어도 내다보는 이가 없었다. '도로 나갈까! 기다릴까!' 잠시의 망설임을 제쳐두고 "아줌마!" 하고 외쳤다.

"아줌마! 아무노 없어요! 아줌마!"

'끼이익' 낡은 알루미늄 문짝이 바닥 시멘트를 긁는 소리에 어금니에 힘이 들어가서 목에 핏대가 섰다. 소리가 난 곳은 주방 입구에서 바깥 화장실 가는 길을 알려주는, 빛바랜 빨간색으로 '화장실'이라 적힌 엉성한 새시문이었다.

"어, 김장 로봇이 이 시간에 어쩐 일이요? 아니, 그동안 코빼기도 안 보여서 이사간 줄 알았는데…."

"이사는 무슨 이사! 코로나19 때문에 어디 올 수가 있었어. 초창기 대유행일 때 우리 로봇들이 코로나19에 걸리면 난리가 났었잖아. 로봇들이 저래가 되나, 잘라라, 확진된 로봇이 소속된 로봇학교와 맡은 학년을 공개해라 등등 얼마나 시달렸는데!"

"다른 로봇들은 잘만 오더라. 그리고 여기는 오는 사람만 와서 코로나19와 별로 관련이 없었고."

"그런 엉뚱한 로봇들 때문에 선량한 로봇들이 욕먹었고, 명절에 멀리 있는 자식들도 오지 말라 하는 판국이었는데 여기 와서 편하게 술 마시는 로봇들이 정상은 아니었지."

"이 상사하면서 할 소리는 아니지만 코로나19 때도 요 옆에, 뒤에 모텔들은 잘만 되더라. 9시 이후에 끼리끼리 술 사들고 들어가서 잘만 놀고, 낮에도 끼리끼리 붙어 있다가 우리 집에 막걸리 마시러 오더라."

"나도 뉴스를 통해 알고는 있었는데 여기가 그럴 줄은 몰랐네. 그 사람들 코로나에 걸렸다는 소문은 없었어요?"

"원래 사랑을 하면 면역력도 높아지고, KF94 마스크 끼고 했겠지?"

"내 참! 실없는 소리 그만하고 지금 장사는 해요?"

"몇이나 올 건데?"

"한 명이 먼저 올 거고, 마시다가 기분이 좋으면 현직에 있는 로봇들 부르려고."

"로봇을 그만뒀소?"

"명예퇴직!"

"그 좋은 직장은 왜 때려치웠을까? 로봇치고는 좀 특이하더니…. 잘린 거는 아니고?"

문에 매달린 종이 요란하게 딸랑거리더니 최장 로봇이 동그란 눈을 한 채 들어왔다. 얼마 만에 보는가, 전화만 하다가 직접 얼굴을 보니 반가운 마음 이루 말할 수 없었다. 대수롭지 않게 코로나19가 끝나면 보자고 한 게 몇 년이 되었다. 벌떡 일어나 오른 주먹을 내밀다가 얼른 손을 펴서 내밀었다. 최장 로봇도 똑같이 주먹을 내밀다가 악수를 청했다. 따뜻한 왼손도 포개서 한참을 흔들었다.

"와아! 참 보고 싶었다. 여전하네! 야…, 야…."

물끄러미 쳐다보던 아줌마가 껴들었다.

"이 로봇도 안면이 있는데, 일단 앉고 안주부터 시키소."

그제야 최장 로봇이 아줌마를 쳐다보며 말했다.

"아줌마도 그대로네! 잘 있었소? 오고 싶었는데 그놈의 코로나 때문에…."

"내 이야기 다 들었으니깐 그 이야기는 그만하고 안주나 얼른 시키소!"

"김장 로봇 안주 안 시켰어? 그때 먹었던 걸로 하지!"

"또 파전! 오래간만에 만났는데 좀 비싼 거 먹어보자."

"우리가 어디 싸서 파전을 먹었어? 맛이 있었으니까 일단 파전 시켜놓고 다른 안주 시키자. 이제는 금방 배가 불러와서 한꺼번에 많이 못 먹겠니라."

"아줌마 알아들었지요? 일단 파전 주고 다른 안주

는 천천히 시킬 테니 막걸리부터 줘보소. 오래간만에 아줌마 막걸리 붓는 솜씨 좀 봅시다."

양손에 막걸리 통을 움켜쥐고 손목을 현란하게 빙빙 돌리며 찌그러지고 색이 바랜 주전자에 붓는 솜씨는 여전한데 손등에 핀 검버섯이 낯설었다.

막걸릿잔 부딪히고 파전 먹고 멍하니 서로 바라보다가 그냥 피식 웃었다. 만나면 그렇게나 할 말이 많을 것 같았는데 막상 만나니 할 말이 없었다. 아니, 너무 많아서 어떤 말부터 끄집어내어야 할지 가늠이 안 되었다. 이럴 때는 막걸리부터 들이켜고 보는 것이 최고다. 둘이서 연거푸 몇 잔을 부딪치고 나니 배는 불러오고 꼿꼿하던 허리가 앞으로 구부러져 엉덩이가 의자 앞으로 자꾸 밀려서 고쳐앉았다.

최장 로봇이 김장 로봇에게 물었다.

"그래, 명퇴하고 제일 먼저 뭐부터 했어?"

"알면서 묻는 것 같은데, 정당에 가입했다."

"그래, 겨우 정당에 가입하려고 명퇴했어? 로봇의 정치적 중립과 관련하여 불만이 많은 것은 알고 있었지만 그게 명퇴를 할 정도로 중요했어? 오히려 이런

저런 선거에 휩쓸리지 않을 핑계가 되어서 좋았잖아! 솔직히 로봇에게 정당 가입과 선거운동을 할 권리를 주면 학교가 분열되어 더 혼란스럽지 않았을까!"

"너도 퇴직하더니 예전과 다르게 너무 전투적이다. 막걸리 한잔 더 먹고 천천히 이야기하자. 섭장 로봇은 이번에 마스터 로봇 선거 후보로 나간다고 하던데 소식 들었어? 주변의 반응은 어때?"

"그러고 보니 섭장 로봇 마스터 로봇 선거운동 도우려고 명퇴한 거야? 맞아? 그런 거야?"

"아따, 좀 다그치지 마라. 예전에는 나보고 다혈질이니 막가파니 해쌌더니 오늘은 나보다 더하네. 코로나가 사람 성격까지 변화시켰네."

"이게 열 받지 않을 일인가? 나는 늦게 교육대학에 들어가서, 로봇을 더 하려고 해도 더 할 수가 없어서 정년퇴직했지만, 너는 정상적으로 들어갔고 생년월일도 늦게 되어 있어서 몇 년 더 할 수 있는데, 고작 정당에 가입하여 친구 선거운동하려고 명예퇴직을 한다는 게 말이 돼? 더군다나 교장 로봇을 하고 있었으면서…, 기가 막힌다. 정말 기가 잔다. 등신노 아니고."

동태조림을 들고 오던 아줌마가 이 소리를 듣고 물색없이 껴들었다.

"참말로 교장 로봇 하다가 명예퇴직을 했어? 진짜면 참말로 등신이다."

"아줌마! 아무리 그래도 손님보고 등신이라니, 6급 지체장애인이면 모를까!"

"이런 상황에 농담이 나오니?"

"야! 내 진짜 6급 지체장애인 맞잖아? 너도 알잖아, 그래서 고속도로 통행료 아끼려고 출장 갈 때 내 차 타고 함께 다녔잖아."

"새끼야! 지금 그 말이 아니잖아! 됐고, 인마야 짜증나니까 지금부터 말하지 마라."

깜짝 놀란 아줌마가 "엄마야, 생기 욕 한번 안 하더니 무슨 일이고, 대낮부터 싸우지 마소, 큰소리 나면 손님 안 들어온다. 코로나 끝나고 이제 돈 좀 들어오는데…, 자자, 내 잔 비었는데 한 잔 따라주소."

아줌마의 추임새로 한 잔을 마신 후에 문 너머로 오고 가는 사람들을 멍하니 바라보다가 김장 로봇이 깊은 결심이라도 한 듯 헛기침을 하더니 의자 끝에 걸치고 있던 엉덩이를 뒤로 가져가며 등받이에 구부러진 등을 바로 댄다. 분이 덜 풀린 최장 로봇은 늘어진 자세로 눈만 치켜뜨고는 김장 로봇을 쏘아보았다.

“내 명퇴를 두고 최장 로봇이 그렇게 화를 내니 친구 하나는 잘 두었네. 그렇게 화를 내주니 고맙다. 제대로 알지도 못하면서 이해하는 척, 이 아줌마처럼 속으론 모자란 사람이라 여기면서 겉으론 피치 못할 사정이 있어서 명예퇴임한 것으로 의심하는 것보다 기분이 좋네.”

“그래, 도대체 이유가 뭔데?”

“내 천천히 이야기할 테니 말 끊지 말고 들어주라. 나는 로봇 생활을 하면서 시민이면 누려야 할 기본권을 박탈하는 로봇 규정이 정말 싫었다. 마스터 로봇 선거만 해도 안 그래? 우리를 이끌, 우리를 위해 제대로 일할, 우리를 대표하는 마스터는 우리 로봇들이 제일 잘 알잖아. 그런데 우리가 지지하는 마스터 로봇 후보는 누구라고 공개적으로 말 한마디 못 한다는 게 이해 돼? 이 규정 때문에 로봇학교와 교육에 관심 없는 시민들은 마스터 로봇 후보의 저질 정치꾼 같은 감언이설에 속아서 투표하고, 로봇학교는 더 엉망이 되고, 로봇 규정에 들키지 않고 마스터 로봇으로 당선시킨 이무기들은 마스터 기관에 입성하여 자기들 마음대로 로봇학교와 교육을 난도질했잖아? 만약 로봇들이 후보들의 공약을 검증하고 비교하여 제대로 알리고 지지를 호소했으면 지금보다는 로봇학교가 나아졌겠지."

"그게 어제오늘 문제였어? 그 규정을 개정해달라고 한동안 얼마나 애를 썼어? 정치꾼들이 끝까지 안 들어주었는데 너 하나 명예퇴직한다고 그 잘못된 규정을 누가 알아주기나 해?"

"알아주라는 게 아니고, 로봇 생활도 지긋지긋했고 두 아들도 다 컸고 어차피 퇴임하고 나면 새로운 삶을 살아야 하는데 좀 앞당겼을 뿐이다. 섭장 로봇의 마스터 로봇 선거운동도 적극적으로 도와주고 싶었고, 가족들과 오랫동안 의논한 결과고 너도 대충 눈치는 챘을 텐데. 섭장 로봇하고도 오랫동안 이야기 나누고 있었다. 좀 있다가 섭장 로봇이 올 거다. 그때 자세한 이야기 더 나누고, 한잔 더 하자. 오래간만에 말을 많이 했더니 목이 칼칼하다."

손님이 한 명 더 온다는 소리에 아줌마는 슬그머

니 일어나 주방으로 향했다. 김장 로봇은 섭장 로봇이 오면 기본권이 박탈된 힘없는 로봇들의 애환을 시원하게 나누고 싶었지만, 최장 로봇은 귀찮은 마스터 로봇 선거에 끌려들까 걱정하는 눈빛이었다.

로봇연금과 촌지

말없이 한참을 기다려도 분위기를 부드럽게 만들어줄 섭장 로봇은 오지 않았다.

김장 로봇은 심각한 이야기를 더 이어가는 것과 일상의 이야기로 분위기를 바꾸는 것으로 갈등하고 있었는데 최장 로봇이 10호 광장 이야기를 꺼냈다. 10호 광장이라 불리지만 사실은 복잡한 교차로다. 10호 광장 주변 변화가 지역의 변천사와 궤를 같이했다. 대학 시절에는 건널목만 있었고, 로봇 초임 시절인 1990년대는 아파트 개발 붐이 불면서 십자 교차로가 생겼고, 숭견 로봇 시절인 2000년대 초에는 끌

목 식당과 슈퍼마켓이 번성했고, 교감 로봇을 시작할 때인 2020년대에는 초고층 아파트들이 10호 광장을 둘러싸면서 10호 광장의 교차로도 7개 차도로 늘면서 신호체계가 굉장히 복잡해졌고 교통사고도 빈번했다. 현재는 AI 기반의 교통 체계가 구축되어 편리를 더하지만, 차들은 가능하면 복잡한 10호 광장을 회피한다.

"김장 로봇, 아침에 출근할 때 10호 광장에 들어서면 가슴이 답답했다. 30분 걸리는 출근 시간 중에서 10호 광장을 통과하면 출근 시간의 반이 지나가서 10호 광장을 통과한 차들은 너나없이 자동차 경주하듯 총알같이 달렸는데, 우리가 생명을 건 자동차 경주를 할 만큼의 의미 있는 일을 하고 있는가를 생각하곤 했다."

"최장 로봇, 나도 10호 광장을 몇 년 다녔는데 사정은 비슷했고, 출근 시간을 좀 당기거나 늦추는 요령을 부렸는데 사람의 마음은 같은지 그럴 때마다 같은 상황이 반복되더라."

"나는 솜 이해하기 힘들었던 게, 출퇴근 시간의 운전자 마음은 똑같잖아. 그런데 맨 앞차가 신호가 바뀌어도 머뭇거리면 뒤에 있는 차들은 신호를 한 번 더 기다려야 되어서 신호가 애매하게 바뀌면 뒷줄의 차들은 꼬리를 무는 경우가 많은데 왜 맨 앞차 운전자는 신호등에 집중하지 않는지 모르겠더라고, 김장 로봇 너도 꼬리물기 해봤어?"

"당연히 해봤지! 한번은 꼬리물기 운행 특별 단속 기간인 줄도 모르고 습관적으로 하다가 경찰관에게 걸렸어. 그렇게 로봇학교에 도착하면 기분이 좋을 리가 없잖아. 무슨 부귀영화를 보겠다고 아침부터 이 난리를 피우는지 답도 없는 생각으로 짜증만 났었지."

새로운 두부김치를 내려놓던 아줌마가 염장 지르는 말을 꺼냈다.

"로봇학교 주변에서 살면 되지 뭐 한다고 목숨 걸고 출퇴근을 해?"

"아줌마! 우리는 하나의 로봇학교나 그 지역에서 평생을 지낼 수 없도록 하는 근무 연한 제도가 있어. 결혼하고 자식이 생기면 자식들 교육이나 생활의 편리를 위해서 정착을 해야 하는데 시골 학교의 주변은 그럴 만한 여건이 되지 않잖아. 또 로봇은 수시로 출장을 가고 연수도 받고 교재 연구와 수업 준비물을 구입해야 하는데 그러려면 아무래도 도시에서 출퇴근하는 것이 좋지."

"나는 그런 줄은 몰랐네. 그래도 퇴직했으니 죽을 때까지 연금 꼬박꼬박 나올 테고 걱정은 없겠네! 그 연금 내 세금인데 내하고 갈라야 하는 것 아닌가?"

김장 로봇이 화가 나서 벌떡 일어서려는데, 최장 로봇이 오른손으로 거칠게 김장 로봇의 어깨를 짓눌렀다. 우악스러운 그의 손바닥에서도 아줌마에 대한 분노가 전해졌다. 김장과 최장 로봇의 독기 서린 두 눈은 무심코 내뱉은 아줌마를 얼어붙게 했다. 영문도 모르고 궁지에 몰린 아줌마의 불안한 눈동자가 심하게 흔들렸고 한참 동안 멈출 곳을 찾다가 간신히 가게 문 오른쪽 모서리에서 기름때가 잔뜩 묻은 채로 힘들게 돌아가는 환풍기에 멈추었는데 김장과 최장 로봇의 독기는 아줌마의 얼굴에서 떠나지 않았다. 최장 로봇이 한숨을 크게 지으며 분노의 떨림을 달래고는 천천히 입을 열었다.

"아줌마! 우리 로봇이 낸 기여금이 얼마였는지 제대로 알아요? 일반 회사 퇴직금을 노동자가 반, 고용

주가 반을 부담하듯이 로봇도 월급에서 매달 반을 내고 로봇을 고용한 국가에서 반을 부담하는데, 로봇이 반을 내는 기여금도 일반 노동자보다 훨씬 많고 호봉이 올라가는 것만큼 인상되고 로봇 연금법이 개정될 때마다 인상되었어."

"아무리 더 내도 국민연금과 크게 차이가 날까? 그리고 나는 부러워서 한 소린데 그렇게 화를 내니까 무안해 죽겠다."

"아줌마! 조금 더 내는 게 아니고 국민연금과 비교하면 한참 차이가 나요. 언론의 윈색적인 보도처럼 적게 내고 많이 가져가는 것이 아니라 지금 로봇들은 많이 내고 적게 가져가게 생겼고, 일부 시샘하는 국민은 로봇연금하고 국민연금하고 통합하자고 하는데 정말 말도 안 되는 소리지! 로봇들은 별도의 퇴직금이 없으니까 연금만 바라보고 그렇게 많은 기여금을 군말 없이 꼬박꼬박 내었는데, 국민연금을 보전하기 위한 그런 손해를 눈뜨고 쳐다만 볼 로봇들이 어디 있어. 또 개혁이라며 연금을 덜 받는 방향으로 로봇연금을 개악하면 손해를 직접 입는 낮은 경력의 로봇들이 이제는 그냥 있지 않겠지."

화를 누그러뜨린 김장 로봇이 거들었다.

"아줌마와 같이 언론 보도만 믿는 사람들이 우리 로봇이 연금으로 세금을 축내는 것으로만 생각하는데, 아줌마 같은 자영업자보다 세금을 훨씬 많이 내고, 유리 봉투라 탈세는 꿈도 꾸지 못하고, 로봇들이 창출하는 경제적 이익도 꽤 많고, 우리 로봇들의 서비스로 국민 삶의 수준이 한층 높아진 게 사실이고, 지금 당장 로봇이 없다고 상상하면 지금 우리가 여기 있을 수가 없겠지. 그만큼 아줌마 수입도 줄어들 테고, 로봇들이 국민 세금만 축내는 존재가 아니고 로봇들로 인해 혜택을 받는 국민이 훨씬 많아요. 그리고 국가와 국민을 위해서 국책 사업에 로봇연금이 얼마나 투입되었는지 알아요? 국가가 빌려간 그 돈의 원금만이라도 제때 돌려놓았다면 로봇연금이 부실해지지 않았고, 후배 로봇들의 걱정도 지금보다 훨씬 덜할 테고. 연금만 바라보고 꼬박꼬박 기여금 냈는데, 관리 못 한 연금공단과 국가는 책임지지 않으려고 교묘하게 언론을 움직여서 마치 로봇들이 적게 내고 많이 받아가는 것이라고 호도하는 것을 보면 참말로 기가 차!"

"김장 로봇, 이왕 말이 나온 김에 섭장 로봇 올 때까지 아줌마한테 한풀이나 좀 하자. 아줌마! 이제부터는 아줌마한테 화가 나서 그런 것만은 아니니까 그냥 들어나 주소."

"뭔 소리 할 건지는 몰라도 저녁 장사 준비해야 하니까 뭉뚱그려 짧게 1절만 하소. 괜히 말 한마디 잘못했다가 이게 무슨 봉변이고."

"사실 로봇들의 팔자가 좀 나아진 게 IMF를 겪은 후부터인 거는 인정하지요? 그전까지는 우리 로봇의 적은 월급을 얼마나 업신여겼소. 그 난리를 피웠던 촌지도 우리를 무시하기 위해 우리보다 당신들이 돈 많이 번다고 생색내기 위해서 그래놓고는, 로봇들이 언제 촌지 달라고나 했어? 당신들이 학교 와서 돈 몇 푼으로 얼마나 로봇들에게 상처를 줬는데. 돌려주면 촌지를 적게 줬기 때문이라고 온천지에 소문을 내고 다니니 이러지도 저리지도 못하고 할 수 없이 받아서는 불쌍한 아이들 남몰래 도운 로봇이 얼마나 많은데. 계산할 때 흰 봉투에서 돈만 꺼내면 으레 촌지인 줄 알고 눈알을 아래위로 굴리고는 소문낼 궁리부터 하는 가게 주인들이 어디 한둘이었나. 돈 몇 푼 기분 나쁘게 생색내며 던져놓고는 온 동네에다 거액을 준 것처럼 소문내고 다니면, 그게 아니라고 말도 못 하고 얼마나 속이 터졌는데."

"그래도 솔직히 촌지를 달라고 은근히 눈치 주는 로봇들도 있었잖아?"

"우리나라 최대 직업 중의 하나가 로봇인데 그중에 그런 로봇이 없을 리는 없지만."

"됐고, 내 알았으니 그만합시다."

아줌마는 하품하며 일어섰고 김장과 최장 로봇은 오지 않는 섭장 로봇을 기다리는 게 지루하여 막걸리 한 잔을 더 들이켜고 멍하니 문만 바라보았다.

원죄

"섭장 로봇이 선거 때문에 못 오는 거 아니야?"

"온다 했는데 그냥 일어날까? 아니면 범장 로봇이 이사 안 가고 여태 이 동네에 살고 있는데 불러볼까?"

"우리가 늦게 불렀다고 섭섭해하지 않을까?"

"이젠 우리도 지나치게 남 눈치 살피는 것 이제는 그만두자. 나는 요새 일부러 내가 하고 싶은 대로 말하고 행동한다. 이런 말 하면, 이런 행동 하면 남들이 어떻게 생각할지를 일부러 생각하지 않는다. 그렇다고 남에게 해를 끼칠 정도는 아니고. 내가 전화해볼게."

김장 로봇이 범장 로봇에게 으레 안부를 물은 뒤 다짜고짜 초원 막걸릿집으로 오라 하고는 전화를 끊었다. 이 모습을 본 최장 로봇은 김장 로봇이 로봇 티를 벗어나려 애쓰는 모습으로 보여 안쓰럽다는 생각이 들었다.

"범장 로봇이 오면 늦게 일어나야 할 것 같은데 골방으로 옮겨서 느긋하게 먹고 가자."

"골방은 예약되어 있을 건데, 아줌마! 로봇이 한 명 더 올 건데 골방 예약되어 있소?"

"웬만하면 여기서 먹으면 안 될까? 다 알다시피 골방은 술을 오랫동안 마시는 돈이 좀 되는 손님에게 주잖아. 그냥 여기서 마시면 좋겠는데…."

"아줌마, 오늘따라 말 진짜 희한하게 하네. 우리하고 다른 로봇하고 헷갈리는 게 아니에요? 코로나19 전에는 우리가 단골 중에서는 매상을 제일 많이 올려줬을 건데. 그것도 아줌마 생각해서 꼬박꼬박 현금 박치기했는데."

"내 알지. 그래서 내 사정을 잘 아니까 이렇게 부탁하는 거지."

"아줌마, 이제 우리는 로봇이 아니고 시민이거든.

시민으로서 누릴 것은 다 누릴 거야. 내 돈 주고 내가 마시는데 우리가 로봇이라는 이유만으로 꼭 시비를 거는 놈들이 있었잖아. 그리고 골방도 우리가 먼저 와서 정당하게 자리를 잡았는데도 우리보다 늦게 왔으면서 로봇들이 술만 처먹고 다니고 저런 것들이 어떻게 학생들을 가르치는지 모르겠다며 시비를 거는 인간들도 있었고, 그때마다 우리가 미성년자도 아니고 금주령이 적용된 죄인도 아닌데 얼른 계산하고 자리를 떴는데 이제는…."

"그때는 왜 가볍게 눈만 흘기고 군말 없이 일어섰소?"

"우리가 막 착하고 배려심이 깊어서 그런 것 같던가요?"

"그거는 아닌 것 같긴 했어, 내가 봐도 진짜 억울한 일을 당해도 되레 미안하다며 자리를 뜨는 것을 보면 시비에는 아예 휘말리지 않으려고 하는 것 같았어. 그래서 로봇들은 그래야만 되는 줄 알았지."

가만히 이야기를 듣던 최장 로봇이 일상생활에서 내 잘못이 아니고 오히려 피해자인데 송사를 당하거나 낭연한 국민의 권리를 찾으려 하거나 보호받으려고 송사를 해도 징계를 받는 로봇의 규칙을 설명하며 로봇들이 일상에서 일어나는 다툼을 회피하는 것은 비겁하거나 무능력해서 아니라 이 로봇 규칙 때문이라고 덧붙였다. 이어서 김장 로봇이 아줌마를 자극하는 한마디를 던졌다.

"오늘부터는 저 골방 절대 양보 안 합니다. 시비 거는 놈 있으면 내가 바로 경찰에 신고해서 본때를 보여줄 것이고, 시시비비 가리려 당당하게 경찰서고 법원이고 갈 거라. 이제는 시간도 많고…."

"아따! 오늘 나에게 그동안 쌓인 울분 다 푸네. 알았소. 서빙하는 아줌마 오면 골방으로 자리 옮겨줄 테니까 조금만 기다려보소."

"너 오늘따라 너무 오바한다. 어째 내가 좀 불안불안한데 막걸리나 한잔 더하고 좀 삭이라."

"그나저나 범장 로봇은 집이 요 앞인데 뭐 한다고 빨리 안 올까? 네가 전화 한번 더 해봐라."

"할 일도 없을 건데 오겠지. 좀 더 기다려보자. 내일 할 일도 없는데 좀 보채지 말고. 아무리 쇳덩어리가 무겁고 귀찮다 해도 그렇게 보챈다고 금방 안 떨어진다. 삼십 년이 넘도록 몸에 붙어 있으려고 단련된 것들인데 그게 어디 쉽게 떨어지겠어? 네 성질 급한 거는 아는데 우리가 금방 죽을 세상도 아니고 좀 천천히 여유를 갖자. 그럴 리도 없겠지만 한꺼번에 쇳덩어리가 다 떨어지면 사람들이 너 몰라볼걸. 알아봐도 변한 몸으로 어디 아프거나 영 달라진 행동으론 약간 맛이 간 사람이라 할걸. 하하하."

"차라리 맛이 가고 싶다. 근데, 범장 로봇은 뭐 한다고 여태 안 올까?"

최장 로봇은 술이 많이 취한 김장 로봇이 걱정되었다.

산을 등진 언덕배기 동네에 어둠이 일찍 내려서, 갓 피어난 모텔촌의 네온사인이 얼룩진 초원 막걸릿집 유리문에서 반짝였다. 반짝이던 유리문에 갑자기 검은 눈동자가 나타나더니 문이 벌컥 열렸다. 골프웨어를 촌스럽게 입은 아줌마의 거침없는 등장에 최장 로봇은 죄지은 사람처럼 눈을 돌렸지만, 초원 막걸릿집 아줌마는 반갑게 맞이했다.

'내심 서빙 아줌마에 대한 기대가 있었는데….'

"많이 기다렸지?"

언제 들어왔는지 범장 로봇이 자리에 앉으려는데 아줌마가 다급하게 제지하며 모두를 골방으로 안내했다. 몸을 제대로 가눌 수 없었던 김장 로봇 허벅지의 쇳덩어리가 스테인리스의 술상 상판과 부딪혀 날카로운 소리를 냈다. 혀 차는 소리가 짜증스러워 뒤를 보았더니 골프웨어 아줌마가 술상을 정리하며 세 로봇을 경멸스럽게 바라보고 있었다. 최장 로봇은 골프웨어 아줌마가 문을 열고 들어설 때 서빙 아줌마임을 알고는 매우 실망했고, 김장 로봇이 깨어나면 서빙 아줌마와 싸울 것 같다는 불길한 예감이 들었다.

범장 로봇이 골방에 앉으면서 물었다.

"몇 시부터 이러고 있었는데? 막걸리는 몇 통 안 되는 것 같은데 김장 로봇 상태가 영 아닌데…."

"김장 로봇이 술이 약해졌는지 옛날보다 빨리 맛이 가네. 나는 아주 말짱하다."

범장 로봇이 벽에 등을 기대고 머리는 앞으로 숙인 채 졸고 있는 김장 로봇을 물끄러미 쳐다보며 중얼거렸다.

"전에는 폭탄주를 그렇게 마셔도 끄떡없더니만 세월 앞에는 장사 없네."

"집에서 뭐 했는데?"

"그냥 TV 보고 있었는데 김장 로봇이 다짜고짜 전화해서 이리 오라던데, 그때는 술이 많이 취하지 않았던 것 같았는데."

"순간적으로 팍 가버리네."

"나도 아직 취하지는 않았지만 오래간만에 술을 마셨더니 확 올라오기는 한다. 요새는 술 마시고 고꾸라져 있으면 챙기는 사람이 아무도 없어서 내 몸은 내가 챙기는 게 상책이다. 저녁은 먹었어?"

"아니, 돼지고기 수육하고 막걸리 시키자. 아줌마, 돼지고기 수육하고 막걸리 좀 새로 주소."

서빙 아줌마가 막걸리부터 가지고 들어와서는 슬쩍 자리에 앉으려 하자 최장 로봇이 우리끼리 마시겠다며 말리는데, 굳이 다른 손님이 올 때까지만 앉아 있을 것이라 우겼다. 이 소란으로 잠이 깬 김장 로봇이 눈짓으로 아줌마가 누군지 묻는데 최장 로봇이 손가락으로 술상을 가리켰다.

"아줌마! 친구가 가라 하면 고만 가소!"

어색해진 분위기를 전환하려고 범장 로봇이 지금까지 어떤 이야기를 하고 있었는지 물었고, 최장 로봇은 지금까지의 이야기를 대충 들려주며 섭장 로봇은 여태까지 아직 안 왔다고 투덜거렸다.

섭장 로봇을 기다리는 게 지루해서 로봇 시절에 술자리에서 겪은 황당한 이야기를 나누었다.

범장 로봇이 학생들에게 축구를 지도하여 대회 우승을 한 저녁에 공식적인 뒤풀이를 마치고, 알게 모르게 우승을 도와준 후배들과 한잔 더 하려고 감자탕집으로 가서 우승을 즐기고 있었는데, 짙은 화장과 범상치 않은 옷을 입은 한 무리의 아가씨들이 들어와서는 연신 십 원짜리 욕으로 감자탕집을 도배해서, 참다 못해 정중하게 좀 조용히 하자고 했더니 사정없이 '야이! 씨발 새끼야 시끄러우면 너나 나가라'라고 하더란다. 기가 차고 어안이 벙벙해서 서로를 쳐다만 보고 있었는데 축구선수 출신 후배가 '저것들이' 하면서 일어나길래 얼른 제지하며 계산하고는 다른 술집에 갔다고 했다.

범장 로봇의 이야기는 더 이어졌다. 갓 로봇학교에 부임한 어린 로봇이 어려운 연수를 이수하여 위로의 시간을 보내고 있었는데 가게 수인이 간판 불을 끄더란다. 그래서 주인에게 언제 영업을 종료하는지 물었더니 시간에 개의치 않아도 된다고 하여 분위기를 이어갔는데, 갑자기 남자 주인으로 추정되는 아저씨가 다짜고짜 '너희들 어디 로봇학교에 근무하네? 너희들 모가지를 다 따버리라고 로봇 지원청에 전화할 거다' 하더란다. 범장 로봇이 본능적으로 일어나서 계산하고 얼떨떨하게 앉아 있는 어린 로봇을 일어나라고 독려하는데 여주인이 그 아저씨를 다그치고는 연신 미안하다며, 계속 앉아 있어도 된다며 서비스 안주까지 주더란다. 호의가 고마워서 어정쩡하게 앉아 있는데 또 그 아저씨가 갑자기 맨발로 뛰어와서는 범장 로봇에게 삿대질하며 '네가 교감 로봇인 모양인데 교감 로봇질 하는 네가 그러니까 다른 로봇들도 다 싸가지가 없는 거라' 하더니 손을 머리 뒤로 번쩍 들더란다. 날랜 어린 로봇이 한 손으론 그 아저씨 손목을 잡고 주먹 쥔 다른 손은 그 아저씨의 얼굴 앞에 멈춰서 부들부들 떨더란다. 범장 로봇이 '당장 손 놓고 나가!'라고 호통을 치고는 아저씨에게 '술을 똥구멍으로 처먹고는 입으로 토했나!' 하고 얼른 돌아서 나오는데, 그 아저씨가 계속 맨발로 따라오며 '너, 새끼들 어디 로봇학교 다니네? 내가 모가지를 따버릴 거다' 하였고, 이를 말리는 여주인은 '내가 동네 사람 보기 창피해서 못 살겠다'라며 주저앉더란다. 이 가게는 범장 로봇의 단골집이었는데 그 뒤부터는 아예 가지 않는다고 했다.

김장 로봇이 장난스럽게 이다음에 모일 때에는 그 집에서 만나자는 말을 하고 있는데, 그렇게나 기다렸던 섭장 로봇이 삐죽이 고개를 내밀며 특유의 너털웃음을 지으며 골방으로 들어왔다.

이타 로봇

섭장 로봇의 너털웃음이 모두를 헤벌쭉 웃게 했다. 섭장 로봇은 무거운 분위기를 가볍게 만드는 특유의 재능이 있다. 말 한마디 하지 않고도 표정으로 분위기를 쇄신하는 타고난 능력이 있다. 오늘도 어김없이 분위기를 자기편으로 만들어나갔다.

"내가 너무 늦었지? 빨리 오려고 했는데 갑자기 여러 일이 생겨서 할 수 없었다. 미안하다, 용서해주라. 좀 봐줄 거지."

김장 로봇이 알코올 기운이 잘 빠지지 않는 골방의 공기에 한껏 불콰해진 채 마스터 로봇 선거에 관해서 물었다.

“선거 사무실 어디다 얻었어? 우리도 한번 들러서 필요한 물품을 기증하고 선거운동하는 사람들을 위로하고 싶은데,”

“주변 분들이 많이 도와줘서 선거 사무실도 잘 얻었고 자원봉사자들의 참여가 생각보다 많아서 힘이 많이 난다. 좀 많이 도와주라. 주변 사람들과 현직에 있는 로봇들에게도 적극적으로 알려주고, 김장 로봇! 너는 인제 이번 선거에서 빠지지 못하는 거 알고 있지?”

“뭐! 그러면 섭장 로봇의 선거운동을 위해 김장 로봇이 명예퇴직했다는 내 말이 맞는 거야?”

비명에 가까운 최장 로봇의 격앙된 목소리가 서빙 아줌마의 헤벌어진 입을 다물게 했고 몸뚱이를 엉거주춤하게 밖으로 내몰았다.

“최장 로봇! 그렇게 갑자기 고함치면 어째! 이야기하다 보면 자연스럽게 알게 될 텐데…. 천천히 진도 나가자.”

분위기에 휩쓸리지 않은 범장 로봇이 거들었다.

“김장 로봇과 섭장 로봇의 마스터 로봇 선거 이야기는 다음에 만날 때 이야기하든지 아니면 섭장 로봇이 선거 사무실을 얻었다고 하니까 다음에 거기 가서 맨 정신으로 선거 관련 이야기 듣는 게 좋겠다. 지금 분위기로 선거 관련 이야기하면 섭장 선거에 방해가 되겠다."

섭장 로봇이 냉큼 이어받았다.

"다음 주에 개소식을 하는데, 그전에 우리 로봇 동기들만 따로 초대할 거니까 그때 선거 관련한 모든 이야기를 속 시원하게 하고 도움도 구할게. 범장 로봇 말대로 지금은 선거 관련한 이야기 하지 말자. 나도 지금까지 선거 전략 짜고 와서 머리를 좀 식히고 싶다."

문밖에서 엿듣고 있었는지 딱 맞춰 서빙 아줌마가 막걸리와 기본 안주를 들고 들어왔다. 김장 로봇이 분위기 전환을 위해서 서빙 아줌마의 막걸리 붓는 솜씨를 보여달라고 했다.

"아줌마도 막걸리 돌리면서 주전자에 부을 줄 알아요? 알면 한번 해보고 막걸리도 한 잔씩 쭈욱 새로 따라주소."

"내 하기는 하는데…. 언니만큼은 못한다. 그냥 얌전히 부어 마시면 안 되겠소."

갑자기 말과 표정이 달라진 서빙 아줌마가 의아스러웠다.

"못해도 괜찮으니 한번 해보소!"

"그러면 내 언니만큼은 못해도 해볼 테니 나도 선거 자원봉사자로 끼워주면 안 될까? 낮에는 시간도 많고 저녁에는 여기서 손님들에게 선거운동해줄 수 있는데…. 어찌 안 될까?"

"아따! 아줌마 그새 그걸 듣고는, 됐고! 오늘은 선거 관련 이야기 안 하기로 했으니 그 말은 더는 꺼내지 마소. 겨우 분위기 잡았는데, 어쩐지 달라진 말이 이상했다."

최장 로봇이 막걸리 두 통을 주전자에 부어내렸다.

"아줌마 좋은 옷에 튈지 모르니 조심하소. 우리는 세탁비 못 주요. 그리고 조금 있으면 손님들이 들이닥치겠는데 우리한테는 신경 쓰지 말고 다른 볼일 보소. 우리는 이것만 마시고 일어날 거니까."

서빙 아줌마가 토라져 나간 이후에, 다들 등을 골방 벽에 기대고선 다 펼 수 없는 다리를 뻗은 채 한동안 말이 없었다.

범장 로봇이 못 할 말이라도 하는 것처럼 아주 조심스럽게 말을 꺼냈다.

"선거 관련 이야기하지 말자고 했는데, 이번 선거에서 이기려면 현직에 있는 로봇들의 도움이 많이 필요하잖아. 단순히 선거에서 이기기 위한 도움도 되겠지만, 이기고 난 이후에도 현장인 로봇학교의 지지를 꾸준히 얻기 위해서는 현직 로봇들과의 소통이 중요할 건데, 그러려면 평소에 로봇을 잘 돕는다고 소문이 난 로봇, 로봇을 위한 로봇들에게 도움을 요청해야 하지 않을까? 나는 그런 로봇이 설핏 떠오르지 않는데, 꼭 이번 선거를 위해서가 아니더라도 현직에 있을 때 그런 로봇을 혹시 만난 적이 있어?"

김장 로봇이 머뭇거리며 이어받았다.

"로봇학교에서 그런 로봇 만나기가 하늘에 있는 별 따기보다 더 어렵다는 것은 다 알잖아. 현직에 있을 때 다 느꼈잖아? 관리자 로봇이 아무리 잘해도 관리자 로봇과 로봇 사이를 좁힐 수 없다는 것을. 사실 나는 이 관계를 이해하다가도 이해할 수 없어. 특별히 나쁠 수가 없고 나빠 보이지도 않은데 지지하거나 지지받지 못하는 관계라니."

김장 로봇은 로봇학교에서 전해 내려오는 관리자 로봇들에 대한 악행의 전설들이 구비문학처럼 뿌리가 깊어 교사 로봇이 로봇학교에 발령을 받는 순간부터 '가까이하기엔 너무 먼 당신'이라는 벽을 쌓기 시작하고, 관리자 로봇은 본인들의 교육적 포부를 펼치기 위해서는 교사 로봇들의 자발적인 절대 지지가 필요한데도 소통과 공감보다는 '내가 너희들 이야기를 듣기는 하겠지만 내가 지금까지 헛살지 않은 경험과 지혜가 너희들과 비교할 수 없으니 내 말을 따르라'가 충돌하고 있는 로봇학교의 현실이 안타깝다고 했다.

최장 로봇은 로봇을 위한 로봇이 오히려 적어서 로봇학교가 성장해왔다고 했다.

"로봇학교의 대부분 로봇은 동료 로봇의 일에 끼어들기 싫어하잖아, 쓸 데가 있든 없든 휘말리면 이익보다 불이익이 많으니 알고도 모르는 체, 본 것도 못 본 체, 동료가 알고 있거나 본 것을 말해달라고 하면 절대 알지도 보지도 못했다고 하잖아. 특히 경찰서나 법원에 출석하여 자기가 알고 있거나 본 것만 말해도 동료 로봇이 한결 수월해지는데도…."

"그게 로봇학교의 성장하고 무슨 관계인데?"

"역설적이지만 그러했기 때문에 세상일에 등진 채, 아니 등진 비난을 정당화하기 위해 자기가 맡은 반에만 충실했잖아? 선거 때마다 권력에 줄 서서 마스터 로봇 기관에 입성하기 위해 분투하며 자신만이 학생들을 위해 오롯이 노력하는 로봇이라고 떠벌리고 다니면서 진작 학생들과 교육을 내팽개치는 이무기와는 다르게, 마스터 로봇 기관과 로봇 지원청이 시키면 시키는 대로, 아니면 은근히 거부하며 본인들의 교육을 꾸준히 실천한 그런 평범한 로봇들의 덕택으로 로봇학교와 우리 교육이 성장한 것이 사실이잖아?"

"서글프다! 로봇의 정치 중립 폐지가 로봇학교와 교육의 발전에 기여할 것이라는 내 주장과는 완전히 다른 주장이고. 신념이 다른 우리가 어떻게 오랫동안 친구를 유지하고 있는지, 더욱이 정치적 신념이 많이 다른 섭장 로봇 선거를 내가 왜 돕는지를 다들 궁금해하던데. 어떤 이는 노골적으로 내가 가짜로 돕는다고 생각하던데. 섭장 로봇! 너는 우리들의 이런 희한한 관계를 어떻게 생각해?"

"김장 로봇! 우선 내 단호하게 말하는데 우리 둘의

오래된 관계는 우리 둘이 잘 알잖아. 가십과도 같은 쓸데없는 말에 신경 쓰지 마라. 그리고 어찌 너만 이야기하면 분위기가 이렇게 무거워지는지 알다가도 모를 일이지만 하고 싶은 말 마저 하자면 우리들의 관계는 '의리' 아이가? 생각, 신념, 종교, 삶의 철학이 다르다고 친구가 낭패를 당하는데 도와달라 하면 당연히 도와야지 모른 체할 수 있나? 서로 도와서 잘되면 좋잖아. 로봇학교도 서로 도와야 잘되는데, 희한하게 서로 대척을 많이 지는 로봇이 인기가 높고 이런 심리를 노려서 이간질하는 로봇들도 있고. 나도 김장 로봇 따라 괜히 심각해지네. 분위기 무겁게 한 네 죄는 네가 씻어야 하니까 네가 알고 있는 로봇을 위한 로봇 이야기 좀 해봐라. 제발 심각하게 이야기하지 말고. 네 무거운 말로 술이 자꾸 깬다. 자자, 한 잔 더 하자!"

미세먼지 하나 없는, 미세먼지라는 단어조차 필요 없는, 그렇게 맑은 하늘에는 흔한 구름 한 점 없는 날이었나. 그날의 그런 하늘을 마주하는 날이면 가슴 깊이 박혀 있는 슬픈 깨달음으로 고개를 숙였다.

학부모 달리기가 시작되면 가을 운동회의 막바지다. 출발선의 로봇이 학부모들에게 주의사항을 알렸다. 일등을 해도, 꼴찌를 해도 상품은 똑같으니 천천히 달리라고. 달리다가 넘어지면 자녀들 앞에서 쪽다 팔리니 우선 몸을 충분히 풀라고.

한 학부모가 심하게 넘어졌다. 보건 로봇이 달려가고 학부모가 뒤따랐다. 보건 로봇이 119를 부르고 응급처치를 했다. 이 상황을 모르고, 운동회 내내 본부석 천막 그늘에서 마이크만 잡고 있던 진행 로봇이 연신 다급하게 마이크로 온 동네가 떠나갈 듯 보건 로봇을 찾았다. 응급처치에 바쁜 보건 로봇은 대꾸할 틈이 없는데 진행 로봇은 그 틈새에도 보건 로봇을 찾고 빨리 오지 않는다며 마이크에 대고 로봇학교가 떠나갈 듯이 나무랐다. 두터운 구경꾼들의 뒷줄에서는 마이크에서 나는 소리만을 믿고 얼른 오지 않는 보건 로봇을 나무랐다. 심상찮은 분위기를 감지한 한 로봇이 본부석으로 뛰어가 진행 로봇의 마이크를 빼앗자 119가 가파른 언덕길로 올라와서 운동장으로 들어섰다.

대충 갈무리된 운동장에 이는 바람이 음산했나.

119를 교장 로봇이 따랐다. 모든 로봇이 교무실에 모여 교장 로봇의 전화를 기다렸다. 전화를 받은 교감 로봇의 목소리가 침울했다. 쓰러진 학부모가 돌아가셨다. 모두 말없이 흩어져 교실로 향했다. 교감 로봇이 병원으로 갈 채비를 했다. 아무도 따라나서지 않았다. 교감 로봇이 교무실을 나서며 다른 로봇에게 퇴근 시간 되면 퇴근하라고 했다. 김장 로봇도 망설이다가 퇴근 시간에 맞춰 퇴근하려는데 친하게 지내는 기간제 로봇이 어디 가냐고 물었다. 집으로 간다고 했다. "형님, 이게 말이 됩니까? 운동회 하다가 학부모가 쓰러졌고 교장과 교감 로봇이 병원에 갔는데 집으로 간다는 것이 말이 됩니까? 얼른 로봇들 모아서 병원으로 갑시다." 김장 로봇은 오늘 진행을 맡은 서열 3위 로봇에게 같이 가자고 했다. 하지만 진행 로봇은 지금 병원에 가도 달라지는 게 없다며 퇴근했다. 김장 로봇이 병원에 간다고 하니 후배 로봇 서넛이 같이 가겠다고 했다.

쓰러진 학부모의 남편으로 짐작되는 날렵한 남자가 차의 트렁크를 열고는 운동화를 갈아 신으면서 일부러 응급실을 향해 온갖 로봇학교 욕을 했다. 그가 돌아설 때마다 트렁크에 담긴 온갖 파이프들이 눈에 들어왔다. 심상찮은 남자였다. 기간제 로봇이 얼른 교장과 교감 로봇을 데리고 응급실 복도로 들어가며 김장 로봇을 비롯한 다른 로봇들을 따르라고 했다. 교장, 교감 로봇을 둘러싸기만 하고 그 남자의 말과 행동에 일절 대꾸하지 말라고 했다. 그 남자는 차마 몽둥이를 들고 응급실로 들어오지는 못하고 온갖 욕을 퍼부었다. 교장 로봇은 괜찮으니 물러서라고 하는데 로봇들은 따르지 않았다.

대학병원 응급실에서 사망 진단을 내렸다. 돌아가신 분의 가족이 인근 종합병원을 장례식장으로 정했다. 장례를 준비하는 동안 로봇들도 눈치껏 거들었다. 저녁이 지나 한밤에 이르자 친척으로 추정되는 노신사가 교장 로봇에게 다가와 오늘은 돌아가는 게 좋겠다고 했다. 술이 한잔 들어가면 상황이 어떻게 변할 줄 모르니 오늘은 눈에 보이지 않는 것이 좋겠다고 했다. 내일이면 좀 진정이 될 테니 그때 가서 이야기하자고 했다. 그래도 우리가 머뭇거리니까 단호하게 아무 도움이 되지 않는다며 이만 가고 내일 오라고 했다.

밥을 사겠다는 교장과 교감 로봇을 택시로 먼저 보내고 택시를 잡으려는데 기간제 로봇이 할 말이 있으니 밥을 사달라고 했다. 소주도 한 병 시켰는데 서로 뚜껑을 따지 않았다. 기간제 로봇이 어찌 로봇들이 그럴 수가 있냐고 했다. 로봇학교 행사를 하다가 사람이 쓰러졌고 이를 해결하기 위해 교장과 교감 로봇이 병원에 갔는데 따라나서는 로봇 하나 없고 멸시와 굴욕에 노출된 교장 로봇 보호하려는 로봇 하나 없냐고 했다. 김장 로봇은 뭐라 할 말이 없어서 천덕꾸러기 소주를 따서 연거푸 마셨다.

이날 이후 김장 로봇은 로봇학교에 문제가 발생하면 물러서지 않았다. 로봇이든 학생이든 학부모든 가리지 않았다. 목적이 있어서가 아니라 그날 기간제 로봇의 책망을 씻어낼 수 없었기 때문이다. 다른 로봇의 동참을 강요하지도 않았다. 그냥 두려움을 가슴에 안고 묵묵히 그런 자리를 지켰다. 시간이 지나면 문제는 해결되었다. 문제가 해결되는 동안 지키고 서 있는 모습만이라도 위안이 되기를 바라는 마음이었다.

아내의 명예퇴직

김장 로봇과 아내가 강변을 나란히 걷고 있었다. 화사한 햇살 아래 붐비는 사람 중에는 아직도 마스크를 낀 사람들이 있었다. 김장 로봇과 아내는 본능적으로 사람들을 피해 옛길로 접어들었다.

"오래간만에 친구 로봇들을 만나니 기분이 좋았던 모양이던데?"

"표시가 났었어?"

"드르렁드르렁 코를 골면서 히죽거리더니 허공을 향해 발길질도 하고, 원래 당신이 기분이 좋으면 하는 잠버릇이잖아!"

순간, 김장 로봇이 허벅지를 더듬거리더니 공중으로 껑충껑충 뛰어올랐다. 두 허벅지에 매달려 있던 쇳덩어리가 사라졌다. 어디서 떨어져나갔는지는 몰라도, 어디에서 떨어졌든 그게 무슨 상관이랴. 홀가분했다.

"예전에 우리가 이 길을 걸을 때 늘 함께 걷던 노부부가 있었잖아? 그 부부를 볼 때마다, 우리가 나이 든 어느 날 저 부부처럼 이 길을 걷고 있을까 묻곤 했잖아! 오늘이 그 어느 날이네."

"지겹게도 살고 있네."

"지겨우면 갈라서도 괜찮은데, 그럴까?"

김장 로봇의 아내가 김장 로봇의 손을 슬며시 그러쥐어 흔들며 말했다.

"나는 싫소! 이제 길들인 효과가 나타나서 좀 편한데…."

분위기에 맞지 않게 김장 로봇이 진지하게 물었다.

"나는 남들이 부러워하는 교장 로봇을 마다하고 명예퇴직한 것을 두고 남들이 자기 마음대로 이러쿵저러쿵 온갖 말들을 해도 당신은 내가 오랫동안 고민했다는 것 알잖아?"

"알지. 그렇지만 동의한 게 아니고 당신의 고집을 꺾을 수 없어서 내가 포기한 것이라는 것을 당신도 알잖아?"

"그래 알지. 교장 로봇 사모님 소리 더 듣게 할 수 있었는데…."

"내가 어디 내 남편이 교장 로봇이라고 언제 떠벌리기라도 했어? 그리고 요새는 교장 로봇도 개처럼 보는데 교장 로봇 사모님은 무슨…."

"그런 말 함부로 하면 안 되는데! 개를 마음대로 갖다붙이면 동물단체에서 그냥 안 있어."

"실없는 소리 하려는 것은 아닌 것 같고, 하고 싶은 말이 뭔데?"

"음…, 당신이 언제부턴가 학생들 앞에 서는 게 두려워서 명예퇴직할 거라고 입버릇처럼 이야기했잖아? 그런데 완전 초임 시절이 아닌 로봇학교의 적응이 끝날 즈음부터 그런 말을 했는데, 나에게 말하기 싫은 다른 이유가 있다는 생각을 떨칠 수가 없었어."

대학을 갈 수 없는 가정환경 때문에 장학금을 받을 수 있는 로봇 양성대학에 갔어. 이거는 당신도 알잖아! 당신도 비슷한 사정이니…. 학생들 앞에 서는 것이 본능적으로 싫었어, 친구들과 신나게 노래 부르고 춤추는 것은 좋지만 학생들 앞에서 노래하고 춤추는 게 싫었어. 당신은 내가 로봇으로서 사명감이 투철하여 집에서도 수업 준비를 한다고 생각했겠지만 그렇게 하지 않으면 수업에 대한 불안한 마음을 떨칠 수가 없었어. 그리고 그 덕분에 수업에 대한 부담과 학생들 앞에 서는 일들이 큰 스트레스는 아녔어.

한 아이가 있었어. 전 담임 로봇이 그 아이 때문에 스트레스를 많이 받아서 여러 번 병가를 내었다고 하데. 그 아이를 겪어보기 전에는 그 담임 로봇이 유별나다고 생각했어. 그냥 까불거리는 작은 아이처럼 보였어. 3월이 지나가는 즈음에 어떤 학부모가 전화해서는 다짜고짜 '왜 우리 아이만 야단쳤느냐'며 따졌어. 자초지종을 말해달랬더니, 국어 시간에 갑자기 발표를 시키곤 제대로 답변하지 못했다고 다그쳤다는 거야. 어이가 없었지만, 국어 시간뿐만이 아니라 모든 수업 시간에 발표하는데 그때마다 잘못된 내용은 바로 지도하기 때문에 특별하게 그 국어 시간의 상황이 떠오르지 않는다고 하면서 아이에게 그 상황을 물어봐달라고 했어. 그런데 자기 아이에게 들은 것이 아니라 그 까불거리는 아이의 엄마가 이야기하더라는 거야. 하릴없는 동네 아줌마들이 사우나에 끼리끼리 모여서 애먼 로봇들 까는 재미로 산다는 것을 알고 있었기에 처음에는 대충 넘겼어.

그런데 그 뒤부터 아침 활동 시간의 일들, 특정한 수업 시간 일들, 점심시간 일들, 청소 시간 일들로 시비 거는 학부모들이 뜸하게 생기더니 날이 갈수록 심해졌어. 예상대로 까불거리는 아이와 부모가 원인이었어. 까불거리는 아이가 학교 일을 엄마에게 전하면 그 엄마가 끼리끼리 모이는 학부모에게, 그 학부모들은 또 다른 학부모들에게. 그 아이를 불러서 '너의 행동이 얼마나 나와 우리 반을 힘들게 하는지'에 대하여 말하고는 '그렇게 하지 마라'라고 했더니 '하여튼 선생님이 그렇게 한 것은 맞잖아요' 하는 거야. 순간 전 담임 로봇의 병가가 떠올랐어. 내가 그 담임 로봇을 오해했구나. 더 기가 찬 것은 담임 로봇으로서 그 아이를 제대로 지도할 수 없다는 거였어. 부모에게 담임의 일거수일투족을 일러줄 기회만 엿보는 아이에게 어떤 지도를 할 수 있겠어. 아이의 부모도 제대로 정신이 박혀 있지 않았고.

당신이 나에게 한숨으로 출근하여 한숨으로 퇴근한다며 나무랐던 시기가 있었잖아? 그래서 그랬던 거야. 당신에게 이야기하려다 당신도 걱정밖에는 할 수 있는 게 없는데, 차라리 나만 참고 버티자고 결심했는데 정말 힘들었어. 저 아이를 그냥 저대로 방치할까, 걸려오는 전화나 카톡에 더 적극적으로 해명할까, 그전 담임 로봇처럼 병가, 아예 휴직을 신청할까를 고민했어. 당신에게 이야기했으면 아예 휴직을 신청하라고 했을 거야. 아니면 법령으로 따져서 학부모들과 소송을 하자고 할 것 같았어. 당신도 학부모로부터 칼로 찔러 죽이겠다는 협박까지 받은 후에 그런 사람을 상대하는 방법을 많이 연구했잖아.

그냥 참고, 최대한 신경 안 쓰고, 전화기는 안 받거나 멀리 던져두고, 카톡은 아예 읽지 않고 씹어버리고, 어떨 때는 읽고 씹어버리고, 한동안 뭐라 뭐라 하더라고. 동료 로봇들도 걱정을 많이 하더라고.

그렇게 하다가 정 안 되면 당신 도움을 받으려고 했어. 결국 그 아이와 학부모들 보기 싫어서 내가 그 학교를 떠났잖아. 내 사정을 뻔히 알기에 아무도 떠나는 것을 말리지 않았어. 지금도 그 학교 근처에는 가기가 싫어. 이 일이 있고 난 뒤에 명예퇴직만 기다렸어.

김장 로봇은 아내의 손을 꼭 쥐고는 아내가 아프다고 할 때까지 놓지 않았다.

선민의식

멀리서 섭장 로봇의 선거사무소를 바라봤더니 사무실 앞에 놓인 화환들이 지나가는 사람들을 방해하고 있었다. '한 표가 아쉬운 판국에 저게 말이 돼! 화환부터 정리해야겠다'라고 되새기며 김장 로봇이 바삐 걸음을 옮기는데 최장 로봇이 발보다 머리가 앞선 채 급하게 불렀다.

"김장 로봇! 같이 가자."

"천천히 와라. 하여튼 나보다 성질이 더 급해지고 있다니까. 우리 나이에 자빠지면 영영 못 일어난다."

김장 로봇이 제 급한 성질은 염두에 두지 않고 최

장 로봇을 나무라며 기다렸다.

"저 사무실 앞에 있는 축하 화환 한번 봐라. 오가는 사람을 방해하고 있는데 아무도 치우는 사람이 없다. 우리가 좀 정리하고 사무실로 올라가자."

김장 로봇의 말이 떨어지자마자 최장 로봇이 인도 양쪽에 놓인 화환을 한쪽으로 정리했고 김장 로봇도 거들었다. 의외로 빨리 끝나는가 싶었는데, 언제 왔는지 범장 로봇이 반대편에서 정리하고 있었다.

김장 로봇이 선거 사무실 문을 열어젖히며 큰 소리로 말했다.

"뭐 하고 있어요! 밑에 있는 화환들 봤어요? 오고 가는 사람들이 눈살을 찌푸리고 있는데, 대체 뭣들 하는 겁니까? 인심을 얻어도 모자랄 판에…."

검은 양복을 입은 봉사자가 급히 뛰어 내려갔다.

"김장 로봇! 우리가 다 정리하고 왔잖아. 바쁜 사람들 다른 일 보게 그만 다그쳐라."

"아무리 바빠도 표 잃는 짓은 안 해야지. 내 일부러 그랬다."

"그나저나 이 시간에만 선거운동이 없다며 우리 보고 오라 해놓고는 섭장 로봇이 왜 안 보이지."

사무실 종사자가 대답했다.

"기다리고 있다가 방금 요 앞 커피숍에 커피 가지러 갔습니다."

범장 로봇이 장난스럽게 대꾸했다.

"옛날에는 배달 다방이 있어서 좋았는데…."

섭장 로봇이 선거 띠를 헐렁하게 지른 채로 양손에 커피를 가득 들고 들어왔다. 범장 로봇이 얼른 일어나 커피를 받아들었다.

"선거운동하는 동안에는 쉴 시간도 없을 텐데, 이런 잔심부름은 다른 사람에게 좀 시키고 편히 쉬어야지. 그리고 우리가 대접받으려고 온 것도 아니고 물 한잔만 먹으면 되는데…."

"쉰다고 쉬는 것도 아니고 차라리 몸을 움직이는 게 더 낫다. 어설프게 쉬었더니 더 피곤하더라. 그리고 내가 할 수 있는 일은 남에게 시키지 않으려고."

"그 결심 끝까지 가야 한다. 사소한 약속이 깨지는 순간에 신뢰는 무너진다. 우리가 이미 보았듯이 로봇이 음주운전, 성 비위, 청렴, 코로나19 방역수칙을 위반하면 엄중히 문책하겠다고 해놓고 실제로도 그렇게 했고, 그런데 마스터 로봇 기관의 로봇들은 음주 운전을 했는데도 인사 발령 이후에 징계위원회를 열어 자리를 보전하게 했고, 음주운전을 한 교장 로봇을 마스터 로봇 기관에 발탁했고, 성 비위를 저지른 마스터 로봇 직속 기관 로봇에게는 몰래 사표만 수리했고, 코로나19 방역수칙을 어겨서 확진된 마스터 기관 로봇에겐 책임을 묻지 않았고, 그래서 신뢰를 다 잃었잖아."

"맞다! 그런 짓을 하고도 로봇들이 모를 것으로 생각했는지…. 자기들의 치적을 쌓으려고 말도 안 되는 홍보는 또 얼마나 많이 했어?"

"우리 대화가 왜 이리 진지해지지. 커피 마시면서 다른 이야기 하자."

"때가 때이고 네가 시간이 없으니 네 선거를 조금이라도 돕고 싶은 마음이 앞서서 이런 이야기부터 하게 되네. 마스터 로봇 되고 나면 네 얼굴 보기도 힘들 텐데 이럴 때 하고 싶은 이야기 한껏 해야지, 또 언제 하겠어?"

"그래도 커피는 마시자! 원샷 할까? 허허허."

입으로는 따뜻한 커피를 한 모금씩 마셨지만, 눈은

서로의 얼굴에 머물렀다.

"오늘 사무실로 오라 한 것은 공약을 계속 다듬고 있는데, 로봇학교 업무 적정화에 대한 의견이 좀처럼 정리가 안 되어서 너희들의 생각을 듣고 싶었다."

"업무 적정화라는 말이 교사 로봇에게 업무를 아예 주지 않겠다는 것인지, 교사가 정말 하면 안 되는 업무를 안 주겠다는 것인지부터 분명히 해야 하지 않겠어?"

"로봇학교 시설 관리, 채용, 방과후학교 강사를 비롯한 각종 강사 인건비 챙기는 것, 지자체가 지원하는 교육활동비 정산 업무, 어린이보호구역을 비롯한 통학로 관리 점검 업무 등은 로봇 고유 업무와 관련성이 없잖아? 이런 업무만 제대로 정비해도 상당한 효과가 있을걸."

"그런 업무를 전담하는 교육공무직 많이 뽑았는데 왜 여전히 불만일까?"

"마스터 로봇 기관에서 교육공무직 노조, 공무원 노조와의 협약을 통해서 그들이 해야 할 일을 경계선이 보호한 표준 업무라는 이름으로 명시했고, 그 이외의 일은 그들의 것이 아니라고 인정해줬잖아. 그리고는 경계선에 있는 모호한 업무를 교사 로봇이 하면 안 되는 업무라고 로봇 노조와 이율배반적으로 협약하곤, 기가 차게도 이행 여부를 로봇 노조 기관에 제출하도록 했었잖아."

"그뿐만이 아니라, 교사 로봇 업무 적정화를 추진하면서 마스터 로봇 기관이 교육공무직, 교육행정 로봇, 로봇 노조와 협약한 내용은 살펴보지도 않고, 로봇학교에서 교무행정팀을 만들어 업무 대부분을 하라고 압박했잖아. 교무행정팀에는 교육공무직, 교육행정 로봇, 로봇이 다 포함되어 있는데 그들과 맺은 마스터 로봇 기관의 협약사항으로 판단하면 그들이 하면 안 되는 업무를 해야 했었는데, 이 얼마나 모순이었어?"

"그러다 보니 로봇학교 업무는 교감, 교장 로봇이 다 해야 한다는 꼴로 변했잖아? 물론 그렇게 되지는 않았지만…."

"로봇이 무슨 선민들도 아니고, 학생들을 가르치는 것과 관련된 업무는 당연히 해야 하고 그렇게 하는 것이 효율적이지. 계획하는 로봇 따로, 이행하는 로봇 따로면 교육의 질이 더 떨어지는데, 마치 로봇에게 아무 일도 시키지 않으면 그만큼 학생들 곁에 머문다는 관념은 로봇에 대한 이해와 로봇학교 현장을 몰라도 정말 몰랐어."

"로봇도 욕심 있는 인간종일 뿐이어서 적게 일하고 많이 받으려는 욕구는 마찬가진데, 로봇이 꼭 해야 하는 업무까지 줄여주면 학생들을 더 잘 가르치기 위해 애쓸 것이라는 논리는 금요일 오후면 상습적으로 많은 로봇이 조퇴를 내는 실상으로 깨졌고, 나아가 업무를 하지 않아서 확보한 시간을 학생들을 위한 전문적 학습공동체로 활용하라고 했더니 이마저 강요하지 말라며, 마스터 로봇 기관까지 가세하여 전문적 학습공동체를 강요하지 말라는 공문까지 보내는 자가당착의 우를 범했잖아?"

"현장 밀착형 지원을 하겠다고 교사 로봇을 장학사 로봇으로 많이 뽑았고, 특별한 능력이 있는 교사 로봇을 파견 로봇으로 선발한 뒤 장학사 로봇으로 특별 채용하는 경우가 많았잖아. 그럴싸했지만, 실제는 장학사 로봇으로 임용되기 전까지 그 로봇들은 로봇학교의 일은 하지 않으면서 장학사 로봇을 하기 위한 조건에만 충실했잖아. 그런 로봇은 당연히 로봇학교를 통찰할 수 없는데, 장학사 로봇이 되고 나면 마치 로봇학교를 다 아는 것처럼 정책을 밀어붙였으니 어찌 공감을 얻을 수 있었겠어."

"그것만이 아니고, 장학사 로봇에서 교장 로봇 자격 연수를 받기 위해서는 교감 로봇으로 근무해야 한다는 규정도 위반하여 장학사 로봇에서 바로 교장 로봇 자격 연수를 받는 셀프 승진을 남발했고, 심지어 교감이나 교장 로봇의 경력이 전혀 없는 로봇이 장학관 로봇이 되어 학교 정책을 진두지휘했잖아. 그들도 과거에는 입만 열면 현장 경험이 없는 교육부 관료들이 우리나라 교육을 다 망친다고 해놓고는 본인들이 똑같이 했잖아."

"로봇이 학생 곁에 오랫동안 머물지 않는 이유가 복잡했는데도, 나이브한 생각으로 교사 로봇이 모든 업무를 하지 않으면 학생 곁에 오래 머물 것이라고 낙관했잖아. 수업 시간에 잠자는 학생들을 깨우기만 하면 저절로 공부할 것이라는 이치와 같았잖아."

"나는 로봇 노조와 마스터 기관의 협약 이행 결과를 로봇 노조에 제출하라는 그 협약에 너무 화가 났었어. 이 논리면 로봇 노조가 마스터 로봇 기관보다 상부 기관이라는 뜻이잖아. 이게 말이 돼! 네가 마스터 로봇이 되면 이런 짓은 제발 하지 마라."

의도하지 않은 말을 새청맞은 목소리로 쏟아내곤 당황하여 서로의 얼굴을 물끄러미 바라보기만 했다. 로봇의 잘못된 선민의식을 어떻게 바로잡으면서 로봇을 위한 공약으로 연결할까에 대한 고민이 깊었다. 로봇 업무를 줄이지 않겠다고 말하기도 그렇고, 로봇이 하지 말아야 할 업무를 하지 않게 하려면 교사 로봇과 교육행정 로봇을 채용하는 게 더 효율적인데, 그것은 마스터 로봇 권한 밖의 일이고….

파시스트

선거운동원이 헐레벌떡 계단을 뛰어올라 요란하게 선거 사무실 문을 열고는 섭장 로봇에게 우리가 가고자 하는 지역에 다른 후보가 먼저 선거운동을 시작했다며 얼른 출발하자고 다그쳤다. 섭장 로봇이 선거에 필요한 물품을 주섬주섬 챙기며 빨리 선거가 끝나면 좋겠다고 투덜거렸다. 김장, 최장, 범장 로봇은 그런 섭장 로봇에게 건강 챙기면서 선거운동하라고 달랬다.

섭장 로봇이 나간 뒤 범장 로봇이 가까운 선술집에 가자고 졸랐다. 김장 로봇이 눈짓으로 최장 로봇의 의사를 물으니 고개를 문 쪽으로 돌리며 일어섰다. 김장 로봇과 범장 로봇도 일어나 계단을 엉거주춤한 자세로 내려갔다.

"갈 데는 정한 거야?"

"범장 로봇이 가자고 했으니 정해놓았겠지."

"아닌데. 가다 보면 들어갈 데가 있겠지?"

"야아! 너 아직 그 버릇 못 고쳤나? 너 때문에 한잔 더 먹으려고 추운 밤을 얼마나 벌벌 떨고 다녔는데, 그때마다 온갖 욕을 다 들어놓고도 그래? 너도 참말로 대단하다. 너 마누라나 되니까는 너 데리고 살지 누가…."

"그때는 그때고, 지금은 우리가 급한 게 뭐가 있는데? 너 급한 성질이나 고쳐라! 걸으면 운동 되고 안 가본 술집도 알게 되고 얼마나 좋은 일이고."

"급한 것과 계획적인 것은 다르지. 너는 계획 자체가 없잖아!"

"그래, 너는 계획이 다 있어서 명예퇴직했어?"

"씨발 놈아! 그 이야기는 왜 갑자기!"

"야! 야! 지나가는 사람들이 욕한다. 그만해라. 저기 오늘 개업하는 것 같은데 저리 가보자. 춤추는 모델이 늘씬하니 보기 좋네! 술맛 나겠다."

"들어가서는 그런 소리 절대 하지 마라! 잡혀간다. 시대가 어떤 시댄데 아직 그런 소릴 해."

"걱정도 팔자요. 우리끼리니까 그러지. 내가 그런 눈치도 없는 인간인 것 같아?"

"그런 소리 함부로 하는 습관을 들이면 정신없을 때 은연중에 한다니까. 실없는 말이 송사 간다고 그런 소리로 낭패를 본 로봇들이 한둘이었어?"

문을 열고 들어가니 요란한 바깥과는 어울리지 않게 깔끔하고 차분한 인테리어였다. 창가 쪽에서 무슨 일인지는 알 수 없지만 무표정하게 소주를 마시는 남녀 말고는 아무도 없었다. 아르바이트생들이 호들갑을 떨며 창가 쪽으로 안내했는데, 김장 로봇은 무표정한 남녀가 꺼림칙해서 벽과 벽이 만나는 각진 구석자리에 앉자고 했다. 아르바이트생이 오늘이 개업일이라 특별히 각각 소주 한 병을 마시면 한 병은 서비스로 드린다며 다짜고짜 안주를 추천했다. 최장 로봇이 소주 한 병과 맥주 두 병을 시키면서 기본 안주부터 가져오면 다른 안주는 천천히 시키겠다고 했더니,

아르바이트생이 대답을 흐리며 휙 돌아서서 아무도 없는 빈 홀에 대고 큰 소리로 9번 테이블에 소주 하나 맥주 두 개를 공허하게 외쳤다. 범장 로봇은 이 집도 장사 오래하기는 틀렸다며 아르바이트생의 태도를 언짢아했다.

김장 로봇이 맥주잔에 소맥을 말아 건네곤 잔을 드니 약속이나 한 것처럼 잔을 부딪쳤다. 셋 다 단숨에 들이켜고는 탁자 가운에 잔을 모으니 이번엔 최장 로봇이, 다음에는 범장 로봇이 소맥을 말았다. 김장 로봇이 오이를 고추장에 찍고는 안주 하나 시키자고 조르니 범장 로봇이 아르바이트생의 태도가 마뜩잖다며 내켜하지 않았으나 최장 로봇이 알탕을 시키곤 불쾌한 얼굴로 김장 로봇을 노려봤다.

"명예퇴직 이야기해서 좀 그렇지만, 섭장 로봇 선거운동하려고 그만둔 이유도 있다고 했으면 여기 앉아 있을 게 아니라 섭장 로봇하고 선거운동하려 다녀야 하잖아? 우리가 모르는 뭔가가 있어?"

"뭔가가 있기는, 그냥 내키지 않아서…. 알게 모르게 나름대로 돕고 있으니 걱정하지 마라."

"다른 사람들은 이번 선거는 섭장 로봇이 쉽게 이

길 것이라고 낙관하던데….”

“당선은 생각보다 쉽게 될 것 같은데, 그 뒤가 문제일 것 같다.”

“무슨 문제! 속 시원하게 말해봐라. 우리가 모르는 뭐가 있지?”

“….”

“생각의 차이보다 신념의 차이라서 말하기가 좀 그렇긴 한데, 그리고 듣는 사람에 따라서는 나를 아주 소심한 인간으로 생각할 거고….”

“네가 한순간에 빡쳐서 쉽게 결정을 내리는 로봇이 아니라는 것을 우리는 다 아는데 그런 걱정 집어치우고 털어놔라. 그래야 우리도 섭장 로봇과 네 사이에서 눈치껏 행동하지!”

섭장 로봇이 선거가 있기 몇 년 전에 선거를 도와달라고 했었다. 교장 로봇 신분으로 도와주는 것이 한계가 있고 내 성격상 애매한 것은 못 견디니까 친구 사이지만 정중하게 거절했다. 며칠 뒤에 로봇학교 앞에 있는 커피숍에서 기다리고 있으니 다짜고짜 만나자고 해서 나갔더니 내 명예퇴직 나이까지 계산하고는 마스터 로봇 기관 직속 교육정책 연구소장을 제안했다. 다 알다시피 교육정책 연구소장은 외부 공모제에 따라 채용할 수 있는데, 내 정도의 경력이면 충분하다는 결론을 내놓고는 명예퇴직하고 교육정책 분야 선거공약을 책임지고 개발해줄 것을 제안했다.

아내와 여러 날을 궁리한 끝에, 내 원래 계획에도 적당한 시기에 명예퇴직하여 소도시 근교에 로봇만을 위한 작은 도서관을 겸한 게스트하우스를 운영할 생각을 하고 있어서 제안을 받아들였고, 설령 연구소장에 채용되지 않더라도 후회하지 않기로 서로 다짐했다. 그냥 친구로서 순수한 마음을 보태기로 했다.

그렇게 교육정책 선거공약 개발팀을 운영하고 있었고, 작년 가을에 공약이 제대로 가다듬어지지 않아 마침 햇살도 좋고 해서 머리를 비우려고 아내와 산에 갈 채비를 한창 하고 있는데 섭장 로봇이 전화를 했다. 공약 개발팀의 일원이 섭장 로봇에게 내가 공약을 개발하려고 내뱉는 말들이 섭장 선거 캠프의 분위기와 맞지 않으니, 그런 선거공약은 개발하지 않는 것이 좋겠다는 거였다. 구체적으로 어떤 말들이 고귀하신 귀에 거슬렸는지 비꼬았더니, 특유의 너털웃음으로 나를 다독거리며 상대 후보를 지나치게 자극하는 내용이고 그 공약은 섭장 로봇 캠프도 취약한 부분이어서 공론화가 되면 섭장 로봇 캠프에서 논리적으로 대응하기 힘들다는 것이었다.

산행을 포기하려는 마음으로 소파에 앉으며 논리적으로 따졌다.

첫째, 우리 팀에 나의 말과 행동을 감시하는 누군가가 있다는 것 자체가 굉장히 불쾌하다.

둘째, 자기 생각과 다르면 무조건 나쁜 것이라며 배척하려는 태도가 못마땅하다.

셋째, 우리가 개발하려고 한 그 공약은 논리보다 신념에 관계된 것으로 상대 후보 측과 토론이 이루어지면 대응할 능력이 안 되어 주저하는 게 아니라, 그런 공약 자체가 섭장 로봇 캠프의 신념에 위배되어 개발하지 말라는 것이다.

이번 선거가 섭장 로봇에게 유리하게 작용하는 데는 현재 마스터 로봇의 내로남불이 큰 역할을 했다. 현장 밀착형, 다양성, 창의성, 학교장 로봇 중심 경영, 학생 중심의 혁신 교육, 학생 인권, 권위 타파, 로봇 행정업무 근절을 주장하며 당선된 그가 결국에는 자신만의 신념을 관철하기 위해서 현장의 소리를 무시했고, 그들의 정책만이 다양하고 창의적이니 무조건 따르라 했고, 학교장 로봇 중심의 경영이라곤 하면서 학교장 로봇의 권한까지 빼앗았고, 학생 중심 미래 교육을 주장했지만, 미래 교육의 알맹이 없이 체험관만을 짓고는 학생 곁에 있을 교사를 파견 근무하게 했고, 학생 인권을 앞세워 교권을 일방적으로 희생시켰다.

지금 우리 팀을 노략질하는 로봇들을 정리하지 않으면 차후 그런 로봇들이 저지른 만행들이 쌓여서 섭장 로봇도 현재의 마스터 로봇과 똑같이 될 것이다. 섭장 로봇이 정리할 수 없으면 고자질한 그 로봇을 알려주면 정리하겠다고 했더니 그럴 수 없다고 했다. 이유를 물었더니 말하기 곤란하다고만 해서 별도로 여러 경로를 통해 알아봤더니, 섭장 로봇을 움직이는 외부 선거 조직이 있고 고자질한 그 로봇은 그 외부 조직이 나를 감시하기 위해 심어놓은 첩자였다.

섭장 로봇에게 약속을 파기한다고, 섭장 로봇을 나무라지도 않겠다고, 하지만 이후가 많이 걱정된다고 했더니 미안하다는 말만 되풀이했고 친구로서만 좀 도와달라고 해서 그렇게 하고 있다. 솔직히 이번 선거에서 섭장 로봇이 낙선하면 좋겠다. 당선되면 그런 첩자들이 파시스트가 되어서 교육정책을 좌지우지할 것이고, 그런 꼴을 보기 싫어서 명예퇴직까지 했는데, 어찌 되었건 그 꼴을 만드는 데 일조했으니 로봇의 삶을 벗어나려고 어렵게 명예퇴직까지 했는데 또 이 무거운 쇳덩어리에 갇히게 되었다.

김장 로봇의 말이 끝나자 연신 소주만을 들이켜고는 아무 말이 없었다. 시간이 한참 지났는지 젊은이 한둘이 투박하게 문을 열고는 바깥의 어둠을 끌고 들어왔다. 창가 쪽의 남녀는 온데간데없었다. 자리에서 일어나는 김장 로봇의 허벅지는 한결 가벼웠다.

학교 폭력

김장 로봇은 어제 창가 쪽에 앉아 있었던 찜찜한 남녀 생각을 떨쳐내지 못하고 잠을 설치고는 아침 일찍 일어나서 졸업 앨범을 뒤지기 시작했다. 분명히 아는 얼굴이고 좋은 느낌으로 기억된 얼굴은 아니었다. 개인정보 보호 때문에 지금은 만들지 않는 졸업 앨범 여러 권을 성급하게 뒤지다가 멈췄다. 그래, 그 아이들이었어. 신축 아파트 단지 속, 학부모의 직업이 의사, 변호사, 검사, 공무원, 사업가, 선출직 공무원이 주류인, 개교한 지 얼마 안 된 학교에서 6학년 담임을 하면서 만난 아이들이었다. 여자아이는 학교 폭력의 피해자, 남자아이는 학교 폭력의 가해자였다. 그런데 왜 그 아이들이 같은 자리에 앉아 있었지? 그 사건이 두 집안을 원수지간으로 만들었는데, 도대체 왜….

김장 로봇이 아내와 아침을 먹는데 오늘따라 유독 아내가 말이 많아서 성가셨다. 인상을 찌푸리며 밥이나 먹자고 했다가 욕을 너무 많이 얻어먹어서 밥이 도저히 넘어가지 않았다.

김장 로봇이 숟가락과 젓가락, 밥그릇과 국그릇을 양손에 쥐고는 싱크대의 바가지에 담갔다. 김장 로봇의 아내는 물끄러미 쳐다보기만 했다.

"왜 그러는데? 무슨 문젠데?"

"아니야! 그냥 생각이 좀 있어."

"그러니까 그게 무슨 생각인데?"

"아이, 그냥…."

"그냥 속 시원하게 말해. 오늘 내내, 아니 또 며칠 동안 사람 불편하게 할 거야? 학교를 떠났으면 그 버릇도 좀 고쳐. 학교 생각도 그만하고. 좀!"

"사람이 하루아침에 쉽게 변해. 갑자기 변하면 죽을 때가 다 되었다 하는데 내가 죽으면 좋겠어?"

"쓸데없는 소리 집어치우고 얼른 대답이나 해."

"이야기가 좀 길다. 어제 개업한 술집에서 남녀를 봤는데 어디선가 본 얼굴이었고 뭔가 찜찜했어. 밤새 그 아이들이 생각이 날 듯하면서 언제 어디서 봤는지 확 떠오르지 않아서 미치겠더라니까. 그래서 아침 일찍 앨범을 뒤졌더니 아마 당신도 기억하고 있을걸. 내가 그 학교에서 6학년 할 때 아무것도 아닌 일인데 학교 폭력으로 처리되어 골치 아팠던 일이 있었잖아. 그때의 가해자와 피해자 아이였던 거야. 그런데 그때의 그 일로 두 집안이 원수지간이 되었는데, 어떻게 가해자와 피해자가 한자리에 앉아 있을 수 있어? 그것도 연인 사이처럼."

"알아보면 되잖아? 스승의 날 즈음에 항상 연락 오는 맹랑한 원중이가 그때 제자 아니야?"

"원중이! 그래 원중이가 있었지. 그런데 요즘은 통 연락이 없었는데 전화하면 부담스러워하지 않을까?"

"아이고, 어디 원중이가 그럴 아이인가? 참! 이제는 아이라 하면 안 되는데 입에 붙어서는…."

"원중이야? 선생님이다. 요새 사는 거는 좀 어때? 그리고 너 왜 지난 스승의 날에는 연락 안 했어? 나에게 술 한잔 사주는 게 좀 아깝더냐? 내가 너에게 사준 거 다 얻어먹으려면 아직 멀었다."

"샘! 하고 싶은 이야기만 하시죠. 오래간만에 전화하니까 좀 미안해서 엉뚱한 소리 늘어놓는 거지요?"

"새끼! 하여튼 눈치는 빨라요."

"샘! 자꾸 새끼 그래쌌는데, 제가 샘의 제자이지 새끼는 아니지 않습니까? 이런 소리 듣기 싫으면 하고 싶은 이야기나 얼른 하시죠."

"그래 알겠다. 새끼야! 명예퇴임하고 나니 너까지 서럽게 하네. 내가 너 담임할 때 학교 폭력이…."

"잠깐만요! 샘, 명예퇴직했어요? 그걸 왜 이제 이야기합니까?"

"됐고. 그거는 다음에 이야기하고, 그 당시 소정이와 상진이 학교 폭력 사건으로 우리 반이 고생했었잖아? 기억나?"

"갑자기 그 얘기는 왜 합니까? 그 아이들 요즘 사귄다는 소문이 있는데. 그건 그렇고 언제 명예퇴직했습니까? 샘, 이러지 말고 명예퇴직했으면 할 일도 별로 없을 건데, 오늘 저녁에 만나서 이야기하는 게 더 좋겠습니다."

"명예퇴직해도 나는 바쁘다. 그렇지만 오늘은 내가 너무 궁금해서 만사를 제쳐놓고 너를 좀 만나야겠으니 저녁 7시에 초원 막걸릿집 골방 예약해라."

"그 집 지금까지 장사해요? 골방이 없어도 그냥 예약할 테니 늦지나 마십시오."

"제자가 스승을 당연히 기다리는 거지. 하여튼 새끼가…."

원중이에게 말은 늦는 것처럼 했지만 궁금한 마음이 좀처럼 가시지 않아서 아내와 뒷산을 오른 후에 아내는 친구 만나러, 김장 로봇은 원중이 만나러 그림자가 내리지 않은 산기슭에서 헤어졌다.

초원 막걸릿집에 일찍 간다고 궁금증이 해소되는 것도 아닌데 먼저 기다리다가 원중이 오는 대로 다짜고짜 캐묻고 싶었다. 다행히 원중이가 골방을 예약해서 혼자 기다리는 시간에 주변의 시선을 신경 쓸 필요가 없어서 막걸리와 파전을 먼저 시켰다. 아줌마가 둘이 먹을 건데 굳이 골방을 예약했느냐며 투덜거려서 박설리와 안주 많이 시킬 테니 더는 눈치 주지 말라고 응수하며 올 때마다 단골을 이런 식으로 대우하면 발길을 끊겠다고 으름장을 놓았다. 아줌마가 찌그러진 주전자에 막걸리를 털어넣는데도 눈길 한번 주지 않고 원중이가 얼른 오기만을 기다렸다. 말쑥한 얼굴의 원중이가 고개 삐죽 내밀어 김장 로봇을 발견하고는 건성으로 허리를 굽히며 인사했다.

"샘! 안녕하십니까? 오래간만입니다."

"됐고, 우선 앉아라. 너 아까 소정이와 상진이 사귀는 것 같다고 이야기했지? 어찌 일이 그렇게 될 수 있지! 자기들 부모들은 사귀는 것 아는가? 네가 알고 있는 이야기 빨리 해봐라."

"아이고! 선생님 그게 언제 적 일인데, 좋은 기억도 아닐 건데 얼른 잊어버리지 그걸 여태까지 마음에 담아놓았습니까? 하긴…."

"너 같으면 그게 잊히겠나? 진짜 아무것도 아닌 일로 소정이 엄마가 학교 폭력으로 신고하고는 나를 얼마나 괴롭혔는데…."

"그때 우리 반 아이들은 다 알 겁니다, 선생님이 그 문제로 얼마나 애를 먹었는지, 샘이 징계도 당하지 않았나요?"

"경고를 받긴 했지만, 그것보다 내 마음의 상처가

너무 컸다. 상처라기보다 배신감이 들어서. 너도 알다시피 내가 소정이 많이 아꼈잖아. 공부를 썩 잘한 것은 아니었지만 똑똑하고 야무져서 우리 학교를 대표하는 외부 대회에도 많이 데리고 나갔잖아? 그걸 알면서도 소정이 엄마와 소정이가 어찌 나에게 그럴 수 있었을까? 설령 그때는 그랬다 치더라도 세월이 흐른 뒤에는 전화는 한 통 할 수 있잖아? 소정이 엄마는 그렇다 치더라도 소정이는 그러면 안 되는 거잖아?"

"어린 우리가 봤을 때도 소정이와 소정이 엄마가 너무하는 것 같긴 했는데, 샘, 우선 막걸리 한잔 받으시죠."

"그래, 너도 한잔 받아라. 내 급한 마음 해결한다고 네 안부도 묻지 않았네. 요새 어찌 사는데?"

"샘! 샘, 우선 막걸리 한잔하고 이야기하겠습니다."

원중이는 막걸리를 벌컥벌컥 들이켜는 선생님을 지켜보면서 천천히 막걸리를 마셨다. 그러다 원중이 눈빛이 골방 문으로 향했다.

"선생님 안녕하세요?"

김장 로봇은 막걸리를 들이켜다 잔을 놓으며 나지

막하게 떨리는 목소리 쪽을 보았다. 찜찜한 젊은 여자, 아니 소정이가 몸을 뒤튼 채 어찌할 바를 몰라 하고 있었다. 김장 로봇도 갑자기 일어난 일이라 입을 다물지 못하는데 원중이가 얼른 의자를 내밀며 소정을 끌어다 앉혔다.

"선생님이 이번에 명예퇴직하셨단다. 축하할 일인지는 모르겠지만 축하주 한잔 따라드려라."

"원중아! 이게 어찌 된 일이고?"

"아이고 선생님! 일단 소정이 술이나 한잔 받고 이야기합시다. 놀랄 일이 더 있습니다."

"놀랄 일이 또 있다고…. 원중이 네가 또 무슨 일 꾸몄나?"

"예. 무슨 일을 꾸미기는 했는데, 대단한 일은 아니고, 샘이 갑자기 전화해서 명예퇴직했다 하시고는 소정이와 상진이 소식을 물었잖아요? 그래서 친구들에게 선생님 명예퇴임 축하 자리를 마련해보려고 전화를 하다가 소정이와 연락이 닿았는데, 소정이가 선생님 명예퇴임 축하 자리 전에 상진이와 함께 선생님을 먼저 만났으면 좋겠다고 해서, 그렇지 않아도 너희들 이야기로 저녁에 샘을 만날 거라고 했더니 오겠다고 했습니다. 조금 있다가 상진이도 올 겁니다."

"선생님 죄송합니다. 제가 한잔 따르겠습니다."

"그래, 일단 잔은 받을게. 너도 막걸리 마셔?"

"예, 저도 한잔 주십시오."

"…."

"소정아! 어제 개업한 술집에서 나를 알아봤어?"

"예, 처음에는 몰랐는데 상진이가 선생님인 것 같다 해서 유심히 봤더니 선생님이어서 선생님이 딴 데를 보는 사이에 몰래 나왔습니다. 사실 예전부터 선생님을 뵙고 싶었는데, 저보다 엄마가 먼저 뵙고 싶어 했는데 염치가 없다 하시면서…."

"소정아! 상진이와 사귀는 게 사실이야?"

"예…."

김장 로봇은 소정이가 따라준 막걸릿잔을 단숨에 들이켰다. 원중이 얼른 더 따르니 마다하지 않고 잔을 비웠다.

상진이는 할아버지와 함께 생활했다. 상진이 할아버지는 폐지를 수워 판 돈으로 상진이 뒷바라지를 했다. 상진이 할아버지는 부업으로 폐지 줍는 어느 노인들과는 다르게 개조한 손수레로 폐지만을 주워 생활했다. 폐지 줍는 걸 부끄러워하지 않으셔서 폐지를 줍다가 상진이 친구들과 선생님들을 만나면 먼저 아는 체했다. 그리고 상진이를 어릴 때부터 폐지 줍는 데를 데리고 다녔고 커가는 상진에게 손수레를 밀게 했다.

그런데 상진이는 이런 할아버지를 못마땅해했다. 김장 로봇이 퇴근길에 손수레를 끌고 가는 할아버지께 인사를 하면 상진이는 폐지가 뒤덮인 손수레 뒤로 얼른 숨었다.

6학년이 되어서는 아예 숨기고 싶어서 할아버지를 돕지 않았고, 할아버지는 큰 힘이 되는 이런 상진을 다그쳐서 억지로 데리고 다녔는데, 그런 모습을 본 아이들은 상진을 놀렸다. 더는 참지 못한 상진이가 친구와 심하게 싸워서 할아버지가 학교로 찾아오기도 했다. 김장 로봇은 반 아이들을 단단히 야단쳤다. 상진이 할아버지는 폐지를 주워 파는 게 직업이다. 폐지 줍는 직업은 환경을 보호하는 일로, 어느 직업보다 존경받아 마땅하다. 무엇보다 직업으로 사람을 놀리는 행위는 사람답지 못하다. 누구라도 상진이 할아버지와 할아버지를 돕는 상진이를 놀리면 용서

하지 않겠다고 했다.

2학기로 접어들고 얼마 안 되어 상진이가 소정이 머리를 심하게 잡아채어 넘어뜨리는 일이 일어났다. 김장 로봇이 교무실에서 커피를 마시고 교실로 갔더니 벌써 사달이 나서는 한 무리의 아이들이 책상에 엎드려 울고 있는 소정이 주변에 모여 있었고, 어떤 아이는 씩씩거리는 상진을 날카롭게 쳐다보고 있었다. 사태를 직감한 김장 로봇이 상진을 불러서 자초지종을 물었더니 소정이 어제 손수레를 밀고 있는 자기를 봤다면서 놀리더라는 것이었다. 놀린다고 친구에게 폭력을 행사하는 것이 맞냐고 다그쳤더니 처음에는 놀리지 말라며 말로만 했는데 점심 먹다가 바지에 흘린 국물 자국을 손가락으로 가리키며 어제 손수레 밀다가 폐지에서 떨어진 썩은 음식물이 묻은 것이 아니냐며 손으로 코를 잡고 냄새난다며 놀려서 도저히 참을 수 없었다고 했다.

5교시가 시작되는 전자 벨이 울려서 대충 수업하는데 엎드린 소정이는 자기를 다독거리지 않는 선생님이 미운지 6교시가 끝날 때까지 고개를 들지 않았다. 이런 소정을 다그치고 싶은 유혹을 힘들게 뿌리친 김장 로봇이 청소를 마친 상진과 소정을 아이들이 다 떠난 교실에 남겼다.

소정은 자기가 그런 말은 했지만 어디까지나 장난이었다고 했다. 상진은 많은 아이 앞에서 무안을 주는 것이 어떻게 장난이냐고 따졌다. 소정은 친구 사이에 그런 장난도 할 수 없느냐며 되받아쳤다. 그 순간 상진이가 하지 말아야 할 말을 하고 말았다. 소정이 엄마는 학교 후문에서 큰 떡집을 운영하고 있었고, 전 남편은 정문에서 큰 떡집을 하고 있었다. 원래는 소정이네가 두 떡집을 운영하고 있었는데 소정이 아빠가 바람이 나서 이혼을 했다는 소문이 파다했다. 그런 소정에게 상진이가 소정이 아빠가 바람이 나서 소정이와 엄마를 버렸다고 친구들 앞에서 말하면 좋겠냐고 한 것이다. 소정이가 교실을 뛰쳐나갔고 그날 저녁 소정이 엄마가 김장 로봇에게 전화해서는 상진을 그냥 두지 않겠다고 했다. 김장 로봇은 한참을 들은 후에 내일 학교 가면 지도를 잘할 테니 일단 김장 로봇을 믿고 기다려달라고 부탁했다.

다음 날 수업을 마친 후 상진이와 소정을 불러서 부드럽지만 따끔하게 지도했다. 상진이와 소정도 잘

못을 인정하고 화해했다. 김장 로봇은 화해를 강화하기 위해 피자를 시켜서 나눠 먹으며 이런저런 이야기로 둘의 관계를 돈독하게 했다.

그런데 며칠 뒤 교감 로봇이 소정이 엄마가 상진을 학교 폭력 전담 기구에 신고했다면서 내막을 물었다. 김장 로봇은 그동안의 상황을 쭉 설명한 후 소정이 엄마를 이해할 수 없다며 교감 로봇 앞에서 짜증을 냈다.

"소정이 어머니죠? 담임입니다."

"교감 로봇에게 이야기 다 들었을 텐데 학교 폭력법대로 처리해주세요."

"아니, 아이들끼리 원만하게 잘 해결되었는데 굳이 상처를 남겨야 하겠습니까?"

"이미 난 상처를 확실하게 아물게 하려는 것입니다. 선생님! 지금 상진이 상처만 생각하시는 것 아니죠?"

"그런 말이 아니라는 거 아시지 않습니까? 그러니까 지금 두 아이는 화해해서 잘 지내는데, 또다시 학교 폭력 전담 기구에서 조사하면 상처를 덧내는 것 말고는 아무 의미가 없지 않습니까?"

"왜 아무 의미가 없어요? 이번 기회에 확실하게 해놓아야 다른 아이들도 이번처럼 우리 소정이를 놀리지 않을 것이잖아요?"

"그것은 담임인 제가 확실하게 지도하면 됩니다."

"아무튼, 이번 일은 어영부영 못 넘어가니 법대로 처리해주세요. 바빠서 전화 끊습니다."

김장 로봇은 소정이 엄마가 갑자기 돌변한 이유를 알 수 없었고, 아이들 사이에 흔히 있는 일을 가지고 담임에게 지도를 당부하는 것이 아니라 학폭법으로 해결해달라는 태도에 자괴감이 들었다.

옆 반 로봇이 커피를 들고 교실로 와서는 무슨 일이 있느냐고 물었다. 김장 로봇이 대충 이야기를 했더니 뭔가 아는 것이 있다는 듯이 피식 웃었다. 캐물었더니 동네 아줌마들이 다니는 사우나가 원인이라고 했다.

남편과 자식들, 직장과 학교 보내고 나면 할 일이 없으니 주전부리 챙겨 들고 사우나에 있는 찜질방에 모여서는 남편 험담부터 자식들 학교, 학원 이야기를 비롯한 온갖 이야기를 하는데, 이 사우나의 문제는 본인들 생각만으로 상황을 판단하고는 전문 직종인 남편의 힘을 이용하여 문제를 해결하는 것이란다. 그들이 사우나에서 판결한 것을 따르지 않으면 상대방을 험담과 모함으로 굴복시키려 하고, 여의치 않으면 불가사리 남편의 힘을 이용한단다. 남편은 상황을 제대로 알지 못하면서 무조건 아내의 결정대로 하라며 학교를 겁박한단다. 이를 지켜본 이무기들은 동료 로봇과 학생을 먼저 생각하지 않고 그들과 야합하여 사우나의 결정이 학교의 결론이 되도록 한단다.

지금 김장 로봇 반의 사정이 딱 그 꼴이란다. 소정이 엄마도 문제지만 소정이 엄마를 움직이는 사우나의 아줌마들, 불가사리, 이무기들이 더 문제라고 했다. 그들이 어떻게 결정했는지가 지금 이 문제의 결론이 될 것이라고 했다.

김장 로봇은 믿을 수가 없었고 로봇으로서의 자존심이 걸린 문제로 인식하여 그들의 방향대로 끌려가지 않을 것이라 다짐했다. 소정이 어머니께 전화해서 학폭 전담 기구의 결정에 앞서 로봇인 본인이 지도해서 만족할 수 없으면 그때 가서 학폭 전담 기구의 결정에 맡기자고 일방적으로 알린 후에 교감 로봇에게

도 같은 취지로 말했더니 학폭 처리 절차를 준수하지 않으면 법적인 처벌을 받으므로 그럴 수 없다고 했다. 김장 로봇은 학폭 전담 기구의 절차에 일부러 협조하지 않으며 자존심을 지키고자 했다. 그러나 결국 그게 화근이 되어 마스터 로봇 기관의 감사로 징계를 받았고, 상진과 할아버지는 큰 상처를 입었다.

김장 로봇은 그 뒤부터 학폭 사건이 일어나면 무조건 절차대로 처리한 후 미련 없이 그 로봇학교를 떠났다.

"소정아! 다 지난 일이다. 엄마에게 미안해할 필요 없다고 해라. 엄마 덕분에 세상 공부 잘했다고 해라. 그런데 어떻게 상진과 사귀게 되었는데? 엄마도 알고 있어?"

"결혼을 전제로 사귀는 것이 아니라서 굳이 엄마에게 알릴 필요가 없을 것 같아서…. 만약 엄마가 알게 되면 그때 가서 이야기하려고 합니다. 그 일 이후에 상진을 쳐다보지도 않았는데, 고등학교에 가서 제가 철이 들었는지 상진에게 미안해지기 시작했습니다. 그래서 대학 입학한 후에 친구들의 도움으로 상진과 연락이 닿았고, 미안하다고 했더니 별말 없이 그냥 알았다고만 하길래 자존심이 상해서 한두 번 만나다 보니 친해지게 되었고, 초등학교 때와 다른 상진의 모습이 좋아졌습니다."

"너는 내가 학폭 전담 기구에 그 사건을 맡기지 않으려고 한 이유를 이해하지?"

"예, 주변 친구들의 이야기를 들어보면 학폭법은 사회적 힘의 논리가 작용하고, 힘이 있는 사람은 그런 결정마저 소송을 통해서 해결하기 때문에 당사자끼리 화해되지 않는 것이 문제라고 합니다."

"그래 맞다. 그게 문제다. 그리고 그렇게 결정되면 당연히 억울한 일이 생기는데, 사람은 오늘 다르고 내일 달라서 세월이 지난 뒤에 힘이 거꾸로 작용하여 피해자가 가해자에게 보복하기도 하고, 가해자나 피해자가 유명해지면 학폭이 세상에 다 까발려져서 대중의 가차 없는 비난으로 삶 자체가 엉망진창이 된다. 학창 시절의 모든 갈등과 다툼이 학폭법으로 해결은 되지만, 진실하게 화해가 이루어지지 않으니 앞으로 그런 문제가 계속 불거질 것이다."

"그런데 왜 학폭법은 폐지가 되지 않습니까?"

"학폭법으로 학교에 기생하는 불가사리들이 여론을 주도하잖아?"

원중이 손을 흔드는 방향을 보니 상진이가 수줍게 성큼성큼 걸어왔다. 김장 로봇은 가볍게 악수하며 근황을 물었고 상진이는 가볍게 대답만 했다. 원중이 주도하는 유쾌함으로 술자리가 무르익었고 오래간만에 홍이 오른 김장 로봇이 노래방을 가자고 우겨서 세 명은 박자가 맞지 않는 김장 로봇의 노래에 힘들게 탬버린을 흔들었다.

김장 로봇이 맥주 한잔 더하자고 또 우기자 원중이 옆구리를 우악스럽게 감싸고는 근처 커피숍으로 데리고 가서는 카페라떼를 주문했다. 원중이 커피를 가져오는 사이에 김장 로봇, 소정이, 상진이가 어색하게 창가 의자에 앉았다. 흐리멍덩한 김장 로봇의 눈이 그 둘을 빤히 쳐다보는데 소정이는 눈길을 피하고 상진은 할 말 있다는 눈빛으로 입술을 떨었다.

"상진아! 오늘 내가 많이 취했다. 기분이 좋아서 좀 마셨다. 너희 둘이 나란히 있는 모습이 참 좋다."

"선생님…."

"내 안 취했다. 주저하지 말고 말해봐라!"

"명예퇴임을 축하합니다."

"자식이 실없기는. 그래, 고맙다."

원중이가 들고 온 커피를 말없이 마시고는 헤어지는데 상진이 애써 김장 로봇을 택시 태워 보내겠다며 기우뚱거리는 김장 로봇의 팔짱을 꼈다. 김장 로봇은 상진의 팔짱을 뿌리치려다가 상진에게 몸을 기댔다.

"선생님, 소정이에게서 대충 이야기를 들었을 테지만 소정이와 제가 가까워지게 된 이유는 따로 있습니다. 그 시절 우리에겐 선생님이 모르는 많은 비밀이 있었습니다. 저희끼리 다툼이 생겨도 그 비밀은 어른들에게 알려주지 않았습니다. 소정이와의 다툼도 사실은 그 비밀 때문이었고, 지금에라도 화해가 된 것은 그 비밀을 소중하게 간직하고 있었기 때문입니다. 선생님과 부모님들이 학생들을 속속들이 다 안다고 생각하는 것은 큰 착각입니다."

김장 로봇이 팔을 가만히 빼서 상진의 어깨를 두어 번 토닥거리고는 고개를 떨군 채 말없이 돌아섰다. 김장 로봇의 어깨에서 떨어진 쇳덩어리 하나가 발밑에서 반짝였다.

불가사리

“형님! 어서 오십시오.”

“명예퇴임한 후 로봇학교는 오래간만에 와본다. 얼마 전에 교장 로봇으로 승진했다는 소식을 듣고도 축하 전화를 빠뜨려서 미안했는데, 오늘 이렇게라도 만나니 덜 미안하다.”

“괜찮습니다. 로봇학교를 떠나면 그쪽으로 쳐다보기도 싫다고 다들 이야기하던데, 저도 그럴 것 같습니다.”

“커피를 직접 내려? 교장 로봇실에 배어 있는 커피 향이 좋다.”

"예, 형님도 알다시피 요즘은 교장 로봇이라고 교직원에게 함부로 커피 달라고 하면 안 되는 세상이고 무엇보다 제가 원하는 커피 수시로 내려 먹는 게 마음 편하고, 간혹 로봇 교장실을 들르는 로봇들과 나눠 마시면 기분이 좋습니다. 형님도 커피 좋아하시잖아요? 한잔 내릴까요?"

"자네 시간이 괜찮으면 한잔 마시자."

후배 교장 로봇이 커피를 내리는 사이에 김장 로봇은 운동장에 하얀 실내화를 신고 뛰어다니는 아이들을 표정 없이 쳐다보며, 많은 아이가 운동화보다 실내화를 신은 것이 의아했다.

"운동장에서 실내화 신고 다니다가 실내로 바로 들어오면 그 먼지가 다 아이들 입으로 들어갈 텐데 지도해야겠다."

빛바랜 갈색 가죽 소파 사이에는 초록색 부직포 위에 유리를 올린 응접탁자가 있었다. 후배 교장 로봇이 정성스럽게 내린 커피잔을 응접탁자에 내려놓았다. 커피가 위태롭게 출렁거렸다.

"지금 보신 것하고 오늘 형님을 오시라고 한 것과 관련이 있습니다. 저도 얼마 전에 모든 것을 파악한 상태라 형님의 의견을 듣고 싶었습니다."

"로봇학교를 떠났는데 내 의견이 무슨 도움이 될까마는 커피 값은 해야 하니까 들어나 보자."

김장 로봇이 대학 때부터 알고 지낸 후배 로봇이 있었다. 우직하고 효심이 뛰어났고 학생들을 더 잘 가르치기 위해서 박사 과정을 수료했으며 무엇보다 로봇학교에서의 생활이 알찼다. 이 로봇 후배가 체육 전담을 하던 어느 날, 학생들과 철봉 수업을 했다. 철봉을 잘 오르지 못하는 여학생을 도와주려고 손으로 여학생의 몸을 밀어올렸는데, 학부모가 후배 로봇이 고의로 자기 딸의 브래지어 끈을 만졌다며 성추행으로 학교에 신고했다. 학교는 체육 수업 시간에 일어날 수 있는 로봇의 흔한 지도 방법이지만, 학부모의 성화가 있으니 해당 여학생과 학부모에게 사과하라는 조처를 내렸다. 후배 로봇은 기분이 상했지만, 학교의 조치를 수용하여 사과했다. 하지만 학부모는 수용할 수 없다며 로봇교육지원청에 민원을 제기했다. 로봇교육지원청도 엄정하게 조사했지만, 학교의 조치가 합당하다는 결론을 학부모에게 알렸다.

그러나 학부모는 후배 로봇에게 전화해서는 정신적 피해를 배상하지 않으면 마스터 로봇 기관에 민원을 제기하고 손해배상 청구 소송도 진행하겠다는 협박을 했다. 후배는 황당함을 넘은 충격으로 교감 로봇에게 도움을 요청했더니, 마스터 로봇 기관의 민원 제기는 학부모의 권한이니 막을 방법은 없으나 중대한 잘못이 없으니 마스터 로봇 기관의 조사가 있더라도 걱정할 사안은 아니고, 손해배송 청구 소송의 경우는 개인 대 개인의 문제이니 로봇학교가 제도적으로 특별히 도와줄 방법은 없는데, 마스터 로봇 기관의 변호사나 로봇 단체 변호사를 통하여 상담해보자고 했다.

학부모가 손해배상 소송과 마스터 로봇 기관 민원 제기에 그치지 않고, 학부모 밴드와 지역 맘카페에 본인의 일방적인 주장을 올렸다. 지역신문 기자가 맘카페의 일방적 주장을 받아쓰기하여 보도하였고, 로봇학교의 많은 학부모는 후배 로봇이 여학생을 성추행했다고 믿게 되는 지경에 이르러 후배 로봇의 해임이나 파면을 요구했다. 후배 로봇은 충격으로 병 휴직을 신청하였고, 복직한 후에 정기 인사를 통하여 그 로봇학교를 떠났다. 하지만 그 학부모는 옮긴 로봇학교의 학부모들에게 소문을 퍼뜨려 후배 로봇을 모함했다. 이즈음에 후배 로봇이 김장 로봇에게 도움을 요청했는데 김장 로봇은 그 학부모를 허위사실 유포에 따른 명예훼손과 무고죄로 고발하라고 조언하며 주변의 이런저런 모함에 흔들리지 말고 특히 가정이 위태롭지 않도록 특별히 신경 쓰라고 했다.

그러나 그 학부모의 억압을 견딜 수 없었던 후배 로봇은 법령이 보장한 휴직을 다 사용한 후에 로봇학교를 의원면직했다. 김장 로봇은 뒤늦게 이 소식을 듣고 후배 로봇에게 연락했지만, 전화번호가 바뀌어서 닿지 않았다. 그리고 세월이 흘러 기억에서 사라졌다.

그런데 그 후배 로봇이 이 자리에 있는 후배 로봇 교장 로봇학교의 운영위원으로 활동하는 불가사리로 학교를 쥐어흔들고 있단다. 담임 로봇이 실내화를 신고 운동장을 뛰놀던 아이들을 지도했는데, 이 아이 중의 한 학부모가 로봇의 지도가 지나쳤다며 제기한 민원을 원만하게 해결한 후에, 교장 로봇이 로봇학교운영위원회에서 이 사례를 언급하며 로봇학교와 로봇의 정상적인 권한을 침해하는 학부모의 과한 민원으로 로봇학교 행정력이 낭비되고 있으며, 로봇들의 학생 지도도 위축되어 방임에 이르고 있으니 자제해달라는 당부를 했단다. 그런데 이 소리를 하자마자 불가사리가 된 후배 로봇이 발끈하며, 아이들이 운동장에서 실내화를 신고 논 것이 그렇게 큰 잘못도 아닌데, 로봇이 심하게 다그쳤다면 아동학대에 해당하니 학부모의 민원 제기를 문제시할 게 아니라, 그 로봇을 아동학대 혐의로 신고해야 한다고 해서 위원들을 긴장시켰단다. 이 소식을 접한 로봇들은 운동장에서 실내화를 신고 뛰노는 아이들을 아예 나 몰라라 하고 있단다.

이 로봇학교에 이번에 부임한 후배 교장 로봇은 이 문제를 해결하기 위해 여러 방안을 찾다가 문제의 불가사리와 김장 로봇이 인연이 있다는 것을 알고 연락을 했단다.

이야기를 다 들은 김장 로봇이 도무지 이해되지 않는다는 표정으로 고개를 갸웃하며 냉랭한 커피를 단숨에 들이켜고는 무심히 일어서서 글라스 서버에 식은 커피를 잔에 넘치도록 따랐다.

“나는 좀 이해가 안 되는 게 그 후배 로봇이 불가사리가 될 정도의 성정도 못 될뿐더러 굳이 불가사리가 되어 로봇학교를 괴롭힐 이유가 없는데….”

“주변 사람들도 다 그렇게 이야기합니다. 도무지 이해할 수 없다고 합니다.”

“로봇학교의 문제를 해결하고 안 하고를 떠나서 후배 로봇을 한번은 만나야 하니까 연락처 좀 줘.”

“안 그래도 오늘 저녁에 형님의 단골 횟집에서 만나기로 했습니다.”

“사람이 그렇게 확 바뀌었다면 나를 만나지 않으려 했을 건데….”

“저도 되면 되고, 안 되면 안 된다는 생각으로 형님과 함께 만난다고 했더니 너무나 쉽게 허락해서 의아했습니다.”

“너도 기억력이 참 좋네! 여태까지 이 횟집을 기억하고 있었네.”

“형님이 처음으로 이 횟집에 데려와서 회 맛이 다

르다고 너스레를 떨었을 때는 횟집이 거기서 거기라는 생각이었는데, 한 점을 먹고 난 후는 맛이 정말 장난이 아니어서 이후로 회는 이 집에서 계속 먹습니다. 형님의 초등학교 동기인 여주인의 인심도 좋고요."

"나는 요즘에는 여기 잘 안 온다. 동기가 오랫동안 장사를 하다 보니까 허리와 무릎이 몹시 아픈 것 같더라. 돈은 웬만큼 벌어뒀을 거고, 나라도 안 와야 덜 아프겠다는 심산으로…."

문이 열리더니 후배 로봇이 잔뜩 굳은 표정으로 엉거주춤하게 허리를 굽힌 채 들릴 듯 말 듯한 모호한 말로 인사를 건넸다. 김장 로봇은 앉아서 손을 내밀었고, 교장 로봇은 엉거주춤 일어나 다소 비굴한 표정으로 후배 로봇의 두 손을 맞잡았다.

"앉아라. 오래간만이다. 오늘 아침에 일어날 때까지는 너를 만날 거라고는 생각도 못 했는데. 아무튼, 한번 만나고 싶었는데 잘 되었다. 오늘 교장 로봇으로부터 너 소식을 듣고 좀 놀랐다. 술 한잔하면서 천천히 싶은 이야기 나누어보자. 옛날에 했던 대로 너한테 반말했는데 기분 나쁘면 안 할거고."

"선배가 언제 후배들 눈치나 봤습니까? 그냥 하던 대로 하십시오. 저도 교장 로봇님하고만은 만나지 않으려 했는데 선배가 온다 해서 응어리 좀 풀려고 나왔습니다. 옛날처럼 밤새 달릴 테니까 술 많이 마신다고 뒤통수 때리지 말고 오늘은 제가 집에 들어가자 할 때까지 들어가면 안 됩니다. 그리고 돈은 제가 다 계산할 테니 걱정하지 마시고."

"내가 언제 후배들에게 술 얻어먹더냐? 그리고 대학 다닐 때 한 번 뒤통수 때린 거 가지고 자꾸 우려먹지 마라."

"아이고, 그게 한 번 때린 게 아니고, 하여튼 때린 놈은 기억을 못 한다니까?"

"그래도 새끼야, 놈이 뭐고? 아직 술은 시작도 안 했는데."

"두 분 왜 그럽니까? 싸우라고 모신 게 아닌데 이러시면 제가 미안하니 한잔씩 받으십시오."

"교장 로봇, 오해하지 마라. 원래 우리 사이가 이랬다. 너도 긴장하지 말고 편하게 끼어들면 된다. 그리고 오늘은 이 새끼가 할 말이 좀 많은 것 같으니까 결론은 내지 말고 정신이 있을 때까지는 잘 듣기나 하자."

시골의 후배 로봇 아버지가 로봇학교를 그만둔 후배 로봇을 부르더란다. 안 가겠다고 몇 번을 버텼는데 올라오신다는 바람에 동네 사람들의 눈을 피해 늦은 밤에 아버지를 만나러 갔단다. 아버지가 같이 농사를 지으며 일단 마음을 안정시킨 후 먹고살 방도를 함께 궁리해보자고 하더란다. 아내와 자식들에게 아버지의 뜻을 전하니 아내는 흔쾌히 그렇게 하라고 하며 자기는 당분간 자식들과 처가에 가 있겠다고 하더란다.

두 해를 함께 농사짓는 동안 아버지는 별다른 말이 없었지만, 후배 로봇의 다잡은 마음을 듣고 싶어 하는 눈치더란다. 가을 추수를 마무리한 저녁에 후배 로봇이 아버지에게 막걸리를 따르며 그동안의 속내와 앞으로의 계획을 말했단다. 아버지가 그동안 농사지은 일당 통장을 건네며 학원 차리는데 보태라고 하더란다. 아버지의 성격을 아는지라 통장은 그대로 받았지만, 그 통장에 손은 대지 않았고 아내에게 맡겼단다.

후배 로봇이 학원을 차린 곳이 후배 교장의 학구였고 학원도 제법 잘 되었단다. 후배 로봇이 직접 가르치기도 하고 임용고사에 불합격한 교육대학교 졸업생들을 강사로 채용했더니 학교보다 좋은 학원으로 소문이 나더란다. 교육과정과 생활지도가 학교와 다르지 않아서 부모님들의 호응이 굉장했단다. 하지만 주변 학원의 한 원장이 후배 로봇의 과거 행적의 진위를 알아보지도 않고 악의적으로 소문을 내더란다. 후배 로봇이 그 원장을 직접 만나서 과거에 대해서 스스로 낱낱이 까발린 후에 퍼뜨린 소문을 수습하지 않으면 무고죄와 명예훼손으로 고소하겠다고 했더니 소문이 잦아들더란다.

그리고 우연히 학교 앞을 지나가다가 학생들과 캠페인을 하는 한 무리의 로봇 중에서 한 로봇이 알은체해서 본능적으로 허리를 숙였다가 펴는 순간에 그 로봇이 생각나더란다. 그 사건이 있었던 학교에서 같은 학년 부장 로봇이었는데 도와주지는 못할망정 학부모의 악의적인 소문에 편승하여 후배 로봇을 막다른 길로 몰아넣었고, 자기 승진을 위한 근무평점만 잘 받으려고 관리자 로봇과 후배 로봇을 이간질하여 관리자 로봇의 판단을 흐렸단다. 후배 로봇에게 도움이 되지 못하는 무능한 관리자 로봇도 미웠지만, 그 학년 부장 로봇의 이무기 짓은 용서할 수가 없더란다. 학원생들에게 그 이무기가 교감 로봇이라는 사실을 안 순간 피가 거꾸로 솟더란다.

그래서 후배 로봇은 그 이무기의 목을 벨 심산으로 아무도 하지 않으려는 학교운영위원회 지역위원으로 단독 입후보해서 무투표로 당선되었단다.

“위원님, 우리 교감 로봇은 전혀 그런 소리를 안 하던데….”

“그 새끼가 그럴 위인이라도 되는 줄 아십니까? 아마 자기 출세에 지장이 있다 하면 교장 로봇님도 모함할 놈입니다. 이익 앞에서는 온갖 알랑방귀 뀌다가도 이익에서 멀어지면 어떻게 돌변할지 모르는 이무기입니다. 지금도 마스터 로봇 선거에 불법적으로 관여하고 있는 것으로 아는데, 차곡차곡 증거 모아서 기필코 목을 벨 겁니다.”

김장 로봇은 말없이 연거푸 소주를 마시고는 저린 다리를 앞으로 내밀며 멍하니 후배 로봇에게 술잔을 건넸다.

"그 이무기가 잘못인데 애먼 로봇학교는 왜 괴롭혔어? 그리고 여기 있는 교장 로봇은 또 무슨 죄고? 너 때문에 학생들 교육이 제대로 안 된단다."

"나 때문에 학생들 교육이 안 된다고요? 참, 기가 찹니다. 내가 다른 불가사리처럼 학교의 이권에 개입하여 괴롭힌 것도 아니고 시대가 변했으니 다른 관점으로 학생들을 바라봤으면 좋겠다는 의견을 냈는데, 그것을 과대해석하여 야단법석을 떨고, 심지어 어떤 로봇은 그것을 핑계 삼아 일부러 학생들을 내팽개치는 꼴 아닙니까? 그리고 학부모나 운영위원이 민원이나 의견을 제시할 수 있지 않습니까? 그러면 로봇학교에서는 그것에 대해서 객관적인 근거로 확실하게 답변하면 될 것 아닙니까? 그 정도의 역량도 되지 않으면서 어떻게 로봇을 합니까? 하기야 달리 로봇이겠냐마는…."

"너, 말이 너무 심하다. 기분 나빠! 너도 한때는 로봇이었는데. 너 감정만으로 로봇 전체를 폄훼하면 안 돼. 술 취했더라도 말은 좀 가리자. 뒤통수 맞기 전에."

"참 내, 함 때려 보소! 이제 나한테 이기지도 못하면서 객기만 남아서. 그래도 로봇들 전체를 폄훼한 잘못은 인정합니다. 그런데 왜 로봇들은 예나 지금이나 변하질 않습니까?"

"네가 그렇게 당하고도 이유를 모르겠나? 또라이 같은 학부모 하나도 당해내지 못하는…."

"선배! 나는 그 학부모 때문에 그만둔 게 아니라 로봇들에게 너무 실망해서 그만뒀다. 옮긴 학교에서도 내 말을 믿는 것이 아니라 소문을 더 믿더라. 선배 말대로 무고와 명예훼손으로 고소하려다가 그만둔 것은 적극적으로 내 편을 들며 증인으로 나서는 로봇 하나 없는데 어떻게 소송을 해요? 선배 너 같으면 그런 상황에서 소송하겠어?"

"위원님, 그랬으면 저한테라도 사정을 좀 얘기해줬으면 오늘보다 더 기분 좋게 만났을 텐데, 좀 서운합니다."

"교장 로봇의 학교에 교감 로봇을 비롯하여 이무기가 몇 명이나 되는 줄 아십니까? 이번 마스터 로봇 선거 당선자에 줄 서기 위해 불가사리와 결탁한 이무기들 알고 계십니까? 만약 그 이무기들이 미는 마스터 로봇 후보가 당선되면 그 새끼들이 어떤 길을 갈지 뻔하지 않습니까?"

"야! 말이 좀 심하다. 따지고 보면 네 선밴데 겁박하는 거야? 뭐 하자는 건데? 네가 지금은 아무리 로봇이 아닌 로봇학교운영위원회 위원 자격이라고 하지만 이러면 안 되지!"

"내 참, 미치겠네! 선배 너도 알고 있잖아! 너도 그 새끼들 보기 싫어서 명예퇴임했다면서. 그 새끼들이 미는 마스터 로봇이 당선되고 나면 그 새끼들이 로봇 장학사, 로봇 장학관이 되어서 온갖 노략질할 것을 선배 너는 다 알잖아!"

"이 자리에서 그런 소리는 하기 싫다. 이제부터는 여기 있는 교장 로봇 괴롭히지 마라. 그리고 이왕 불가사리가 되었으니 주변 불가사리 잘 정리해서 여기 있는 교장 로봇 편안하게 학교에서 생활하도록 도와라."

"선배가 하는 것이나 좀 똑바로 해라. 섭장 로봇의 마스터 로봇 선거운동하는 거 다 알고 있다. 이왕이면 똑바로 도와서 당선될 수 있도록 하소. 오지랖 넓게 엉뚱한 곳에 신경 쓰지 말고, 여기 계신 교장 로봇님은 앞으로 선배님으로 잘 모실 테니까."

김장 로봇은 후배 교장 로봇에게 다시는 후배 불가사리가 로봇학교를 괴롭히는 일은 없을 것이고, 오히려 다른 불가사리들이 로봇학교를 힘들게 하면 도와줄 것이라고 따로 이야기했다.

교장 로봇이 먼저 일어나 학교 카드로 계산을 하려는데 후배 불가사리가 자기가 내겠다며 만류했다. 여사장이 빙긋이 웃으며 김장 로봇이 벌써 계산했다고 했다.

후배 불가사리가 김장 로봇 엉덩이를 툭툭 건드리며 자기를 따라오라고 하는데 김장 로봇은 잘 가라며 등을 떠밀었다. 하지만 뒤늦게 발동이 걸린 교장 로봇 때문에 새벽까지 끌려다니느라 김장 로봇의 뒷골을 당기게 한 쇳덩어리 하나가 술집에 떨어지는 줄도 몰랐다.

로봇학교운영위원회

일요일 오후에 난데없이 섭장 로봇이 교외의 한적한 카페에 김장 로봇, 범장 로봇, 최장 로봇을 불러 모았다.

"선거사무소에서 만나면 돈도 아끼고 좋을 텐데, 공기 좋고 한적한 곳에서 이야기할 정도의 중요한 얘기인가?"

"선거사무소에서 나눌 얘기치고는 비밀스럽기도 하고, 오래간만에 한적한 곳에서 머리도 식힐 겸 해서."

"선거일이 얼마 남지 않아서 선거운동에 박차를 가

해야 하겠지만, 그럴수록 건강을 더 챙겨야 하니까 틈틈이 이런 시간을 갖는 것도 괜찮다고 봐."

"여기는 술도 팔지만, 오늘은 커피나 차 한잔하면서 선거운동 기간에는 공개적으로 하지 못하는 이야기로 가슴에 맺힌 응어리 좀 풀고 싶다."

"웬만한 것은 선거 캠프와 공유해야지, 응어리가 맺힐 정도의 비밀이 있으면 안 되지 않나?"

"꼭 그런 게 아니라 선거운동을 하면서 쌓인 울분을 토해내고 싶은데, 선거 캠프 사람들도 쌓인 것이 많은데 나만 힘들다고 하소연할 수 없잖아."

"무슨 얘긴데?"

"로봇학교운영위원회."

"로봇학교운영위원회는 초·중등교육법과 시행령에 근거하기 때문에 마스터 로봇이 그 내용을 건드릴 수 없잖아?"

"그게 문제라니까. 선거운동을 하다 보면 로봇은 로봇대로, 학부모는 학부모대로 불만을 많이 토로하는데, 마스터 로봇이 그런 불만을 다 해결할 수 없으니까 약속하기도 그렇고 안 하기도 그렇고…."

"어떤 불만들이 제일 많은데?"

로봇들은 로봇학교운영위원회가 필요 없다고 한다.

보통은 행정실장 로봇이 간사를 맡는데, 로봇학교운영위원회 회의를 잡으려면 위원마다 일일이 전화해서 각 위원의 일정 조정과 참여를 사정해야 겨우 정족수를 맞출 수 있고, 이렇게 해도 학부모나 지역위원들이 당일에 갑자기 불참을 알리거나 심지어 아무 말도 없이 불참하여 운영위원회 개의를 하지 못하는 경우까지 있다.

정치를 갓 시작하는 이들의 필수 코스가 로봇학교운영위원장이다. 이런 이들이 없는 경우는 학부모와 지역위원이 로봇학교운영위원장을 하지 않으려 하여, 겨우 사정사정하여 위원장을 선출하고 나면 어찌나 득의양양한지. 그리고 위원장이 의무적으로 참여해야 하는 정기적인 회의, 연수 등의 참여를 부담스러워하거나 생업에 지장이 많다며 참여하지 않으려 해서 설득하는 게 여간 힘들지 않다. 그래서 행정실장 로봇은 임기가 다한 위원을 새로 구성하는 게 여간 힘들지 않다. 힘들게 구성해놓으면 로봇들은 뭐 저런 사람들을 위원으로 선출했냐며 따지기도 한다.

로봇학교운영위원회의 역할 모순으로 민원이 발생

하기도 한다. 로봇학교운영위원회가 학부모를 대표하는 기구가 아니어서 학부모의 요구와 어긋난 심의를 했을 때는 교무실과 행정실로 민원 전화가 빗발친다. 로봇학교운영위원회가 민원 원인을 제공하는 꼴이다. 그래서 많은 학부모와 로봇은 학부모회와 로봇학교운영위원회의 일원화를 요구한다.

로봇 위원을 제외한 위원들은 교육전문가가 아닌 경우가 대부분이다. 그래서 안건 심의를 할 때는 교육에 대한 고민보다는 본인 아이 중심의 감정으로 접근하여 공공의 교육 활동을 저해한다.

정치에 입문하기 위해서 위원이 된 불가사리는 학교의 환경 개선과 교육 활동마다 본인의 입김을 불어넣거나, 본인 이미지 관리를 위해서 극히 정상적인 교육 활동을 지원하고 실행하는 로봇을 융통성이 없다거나 사회 물정을 모른다며 폄훼한다.

심의 안건 상정의 모순도 있다.

우리나라의 로봇학교는 국가 수준의 교육과정을 엄격히 적용받는다. 법령으로 강제하며 관리 감독도 철저하다. 그래서 학교 교육과정은 법령을 벗어날 수 없다. 그런데도 법령을 준수한 교육과정과 이에 근거한 교육 활동은 로봇학교운영위원회의 심의 대상이다. 더 웃기게도 법령에 근거한 교육과정과 교육 활동을 심의하는 과정에서 법령을 위반하는 심의가 이루어지는 경우가 있다.

정치를 시작하는 불가사리 위원이나 위원장은 사사건건 지역 기초의원과 국회의원을 등에 업고 학교의 온갖 일에 간섭하며 교장 로봇과 로봇을 하수인처럼 부리려 한다. 어떤 경우는 위원으로 알게 된 로봇학교의 정보를 역이용하여 되레 로봇학교를 힘들게 한다.

로봇학교운영위원회의 회의 시간도 학부모와 지역위원의 일정에 맞추다 보니 로봇 위원의 수업에 지장을 초래한다. 심의 안건을 상정한 로봇도 안건 설명과 질의에 대한 응답을 위해 수업을 희생해야 한다.

'초·중등교육법 제31조(학교운영위원회의 설치) ①항 학교운영의 자율성을 높이고 지역의 실정과 특성에 맞는 다양하고도 창의적인 교육을 할 수 있도록 초등학교·중학교·고등학교 및 특수학교에 학교운영위원회를 구성·운영하여야 한다'에 부합되는지 의문이다.

"난감하겠다."

"이런저런 말로 겨우겨우 얼렁뚱땅 넘어가고는 있지만, 더 황당한 것은 마스터 로봇 후보들 간의 토론에서 어떤 후보는 마스터 로봇에 당선되면 반드시 로봇학교운영위원회를 없애겠다는 약속을 하라고 강요한다니까."

"그걸 그들이 주장하는 게 말이 돼? 과거에 그들이 로봇학교운영위원회를 정치적으로 이용했잖아? 이번 선거에서 떨어질 게 뻔하니까 말도 안 되는 소리를 지껄이는 것 같네."

"그렇지! 예전에 그들이 마스터 로봇에 당선되고 나면, 로봇학교운영위원회 위원장들을 관리하여 마스터 기관의 홍보와 선거운동 기간이 아닌 기간에 이들과의 합법적인 만남으로 실제적인 선거운동을 했잖아?"

"지난 코로나19 팬데믹 사태에서 방역수칙을 준수하지 않는 로봇과 로봇 기관은 엄벌하겠다고 공문을 보내고는 정작 마스터 로봇과 마스터 기관은 지역의 학부모 단체와 학부모 대표를 만나기를 주저하지 않았잖아?"

"그 과정에서 장학사 로봇이 확진되어서 마스터 기관과 교육지원청이 일시 폐쇄되는 사태도 있었고."

"참! 그 장학사 로봇은 어찌 되었지? 엄벌로 처리했어?"

"내가 알기로는 안 그랬을걸."

"그러니까 자꾸 내로남불 소리를 듣는 거지."

"섭장 로봇도 당선되고 나면 내로남불 안 되도록 조심해라."

"너무 나가지 말고, 로봇학교운영위원회를 어찌하면 좋을까?"

"선거운동 기간에는 지금처럼 임기응변으로 대처하고 얼버무릴 수밖에 없는 것 같은데, 당선된 후에도 로봇학교운영위원회를 없앨 권한이 없고, 국가에서는 진정한 자치의 완성을 교육 자치로 보아서 로봇학교운영위원회를 더 강화하려 하잖아."

"그렇다고 로봇과 학부모의 불만을 그대로 둘 수도 없잖아?"

"당선된 후에 마스터 로봇 협의회를 통하여 학부모회와 학교운영위원회의 일원화를 촉구하고, 법령에 근거한 교육과정과 교육활동은 심의에서 제외하도록 하고, 로봇학교운영위원과 위원장은 몇 년간 선출직 공무원에 입후보할 수 없는 법안 마련을 추진하는 것은 어떨까?"

김장 로봇은 위스키를 섞은 에스프레소, 최장 로봇은 생과일 요구르트, 범장 로봇은 따뜻한 아메리카노, 섭장 로봇은 카라멜마끼야토로 천천히 마시며 말도 안 되는 이야기로 떠들고 놀았다.

혁신로봇학교

“하필 양치질할 때 전화 올 게 뭐야. 지금 시간이 또 몇 신데, 짜증 나게.”

일찍 저녁을 먹고 거실 소파에서 졸다가 욕실에 들어간 김장 로봇이 잠이 덜 깬 상태로 막 칫솔을 입에 넣은 순간에 핸드폰이 울렸다. 받으려다, 이제 직장도 없는데 급한 일이 뭐가 있을까 싶은 마음으로 양치질을 마저 했다.

핸드폰 부재중을 확인하니 한동네에 사는 로봇의 전화였다. 이 시간에 전화한 걸 보면 분명히 술을 마시자는 의미인데, 잠시 고민하다가 통화 버튼을 눌렀다.

"형님, 뭔 일이 있다고 전화를 안 받습니까? 맥줏집에 몇 명 있으니 빨리 오시죠?"

"야! 지금 시간이 몇 신데 이 시간에 맥주를 마시냐. 그냥 잘란다. 잘 놀다가 가라."

"명예퇴직하고 놀아줄 후배들도 없을 텐데 빼기지 말고 그냥 내려오소. 괜히 오라는 것이 아니라 형님하고 의논할 사항도 있고. 이제는 낮과 밤이 형님한테 별 의미도 없을 건데, 그냥 오시죠?"

김장 로봇의 아내가 통화를 듣고 있다가 손가락으로 허벅지를 쿡쿡 찌른 후 현관문을 가리키며 나가라는 손짓을 서너 번 했다.

대충 옷을 입고 아파트 1층에서 출입구를 보니 비가 세차게 내리고 있었다. 밤에 나가는 것도 귀찮은데 비까지. 귀찮음이 유발한 짜증으로, 도로 집으로 가려다가 이내 마음을 접고 다시 올라가서 현관에 있는 우산을 들고 맥줏집으로 갔다.

어디서 1차를 하고 왔는지, 불콰한 얼굴로 각자 하고 싶은 말들을 어찌나 열심히 하고 있는지 김장 로봇이 들어가도 몰랐다. 불러낸 후배 로봇 등 뒤로 갈 때까지 전혀 눈치를 채지 못하길래, 손바닥에 이 시간에 불러낸 불쾌한 감정을 실어서 제법 아프게 등짝을 내리쳤다. 당황한 기색을 감추지 못하고 얼른 일어나서 뒤를 쳐다본 화난 얼굴이 김장 로봇을 보고는 김빠진 날숨의 허탈한 웃음으로 바뀌었다.

"왔으면 왔다고 인기척을 해야지 그렇게나 세게 때리면…."

"문을 열고 들어올 때부터 나를 쳐다보라고 헛기침과 발소리를 크게 내었는데도 무슨 말을 그렇게 하는지 전혀 눈치를 채지 못하더니…. 나를 부른 것조차 모르고 있던 것 같더니만."

"그럴 리가 있습니까? 앉아 있는 로봇들 다 모르겠지요? 모두 이 지역의 로봇학교에 근무하는 후배들이고 혁신로봇학교에 근무하는 로봇도 있습니다."

"반갑습니다. 처음 가진 술자리에서 서로 소개하는 것은 별 의미가 없을 것 같고, 저는 이 로봇의 선배지만 격의 없이 지내는 사이라 말을 함부로 하니 이해해주십시오. 명예퇴직하고 놀고 있는 몸이라 특별하게 현직에 있는 후배들에게 할 말도 없는데 괜히 민

폐만 끼치는 게 아닌지 걱정이 됩니다."

"형님, 나도 웬만하면 형님 얼굴 보기 싫어서 안 부르려고 했는데 형님이 혁신로봇학교에 근무하면서 혁신로봇학교에 대한 이런저런 글을 많이 썼잖아요? 우리끼리 이야기해봐야 결론이 안 날 것 같아서 형님의 경험과 생각을 듣고 싶었습니다."

"그런 답도 없는 이야기를 술 마시고 하면 싸움만 일어난다. 그만하는 게 낫다. 후배들도 이 자리 술값은 내가 내고 갈 테니까 잘 놀다가 가세요. 나는 먼저 일어나겠습니다."

이때 후배 로봇 옆 의자에 앉아 있던 로봇이 허리를 반듯하게 세우며 급히 끼어들었다.

"선생님! 우리 술 많이 안 마셨습니다. 그리고 고집 피우려 꺼낸 이야기가 아니고, 이왕 나온 이야기 허심탄회하게 나누고 싶은 마음입니다. 선생님도 하고 싶은 이야기 편하게 해주시면 고맙겠습니다."

"맨 정신으로 이야기해도 서로 인정을 안 하는 신념인데, 술 마셨으면 더더욱 감정이 앞서서 다른 사람 이야기는 무조건 틀렸다며 본인 주장만 할 게 뻔한데…."

김장 로봇이 반쯤 일어섰다가 선뜻 어찌해야 할지 갈피를 잡지 못한 채 주춤거리니 후배가 슬며시 손을 끌어다 제자리에 앉혔다.

"…."

"형님, 그냥 편안하게 이야기 나누면 됩니다. 혁신로봇학교, 도대체 그게 뭐길래 끈질기게 로봇학교와 로봇을 갈라놓습니까? 잘은 모르지만, 학생들을 좀 더 이해하면서 학생을 배움의 중심에 두는 거 아닙니까?"

혁신로봇학교에서 근무한다는 로봇이 후배 로봇의 끝말을 잽싸게 낚아챘다.

"맞아요. 학생 중심의 배움을 실천하자는 게 혁신로봇학교의 기본 철학입니다. 그걸 인정하면 일반 로봇학교에서도 혁신 교육을 추진하면 되는데 감정적으로 너희들만 혁신로봇학교고 우리는 혁신 교육을 실천하지 않는 로봇학교냐며 접근하는 것이 문제입니다."

"아이참, 그게 아니고 지금과 같은 네 태도가 혁신로봇학교를 멀리하게 한다니까. 혁신로봇학교가 아닌 로봇학교가 훨씬 더 많고 혁신로봇학교에 근무하지 않는 로봇이나 혁신로봇학교를 희망하지 않은 로봇이 훨씬 많은 현 상황에서 그들이 왜 혁신로봇학교에 대해 부정적인지를 겸손하게 알아볼 생각은 하지 않고, 학생들을 위하는 혁신로봇학교를 왜 거부하는지를 모르겠다는 태도로 몰아붙이고는 그들을 혁신의 대상처럼 여기니 어느 로봇이 좋아하겠어?"

김장 로봇이 비웃듯이 목소리를 내리깔며 말했다.

"편안한 분위기에서 허심탄회한 이야기 잘들 하네. 이래도 내가 쓸데없는 걱정 했다고 생각하는가?"

때마침 번개가 번쩍하더니 순식간에 천둥이 꽝꽝 내리쳐서 말을 잇지 못했다. 로봇들은 아스팔트를 세게 때려서 튕겨 오르는 빗줄기와 연이은 천둥 번개에 넋이 빠져 할 말을 잃었다.

부담스러운 무거운 침묵을 김장 로봇이 깼다.

"다음에 만날 기회가 될지는 모르겠지만 오늘은 이만하고 헤어지는 게 좋겠다. 금방 비가 그칠 것 같지도 않고."

이때 안면 있는 백숫집 아줌마가 먹태와 과일 안주를 가져오며 미안한 마음을 전했다.

"안주가 이제 나왔는데 안주 값을 안 받을 수도 없고, 어쩔까? 이 비에 다른 손님이 얼른 올 것 같지도 않고."

"아줌마 나 기억하죠? 코로나19 난리통에도 용케 버티셨네. 대단합니다. 오려고 해도 직업 때문에 못 와서 미안했는데 이렇게 버티셔서 얼굴 보니 정말 반갑습니다. 그동안 못 와서 미안했는데 안주 못 먹고 일어나도 안주 값은 내고 갈 테니 걱정하지 마십시오."

"이 건물이 작아도 우리 것이니까 버텼지. 남의 집 같았으면 벌써 문 닫았다. 요 앞에 뒤에 있던 맥줏집들 코로나19 터지고 얼마 지나지 않아서 문 닫았다. 작지만 그나마 우리 건물이어서 버틴 거라."

"그 집들도 이제는 문 열겠네요. 그러면 나는 건물주가 운영하는 술집보다 그 집 술 팔아줘야 하겠다."

"이 작은 것 가졌다고 건물주라 하면 안 되지. 요 앞에 있는 아파트보다 집값이 적게 나가는데. 그리고 술집 안 하고 다른 사람이 미용실 할 거라고 계약했다던데."

"또 미용실! 이 조그마한 동네에 골목마다 미용실

이네. 잘 사는 동네는 한 건물에 커피숍과 카페가 하나씩이라더니 우리 동네는 고만고만한 건물에 미용실이 하나씩이네."

"없는 사람이 자식새끼들 공부시키며 먹고 살아야 하는데, 남편 벌이로는 부족하고 돈이 좀 있으면 제일 만만하게 할 수 있는 게 미용실이지. 그래도 우리 동네는 집세가 좀 싸고 비싼 아파트를 끼고 있어서, 기술 괜찮고 좀 싸게 받으면 한 사람 벌이는 된다. 우리 동네에서 제일 오래 하는 장사가 미용실이다."

"이 카드 받아가서 계산 좀 해주시죠."

"형님! 이러시면 안 되고…."

"내가 간섭할 일은 아닌 것 같지만, 이리 비가 쏟아지는데 지금 가기보다 한잔 더 하고 잠잠해지면 가는 게 나을 것 같은데."

"이 비가 언제 그칠지도 모르고 아줌마도 자야 하잖아."

"우리 집이 이 건물 삼 층인데 내 걱정은 할 필요 없다."

김상 로봇이 좌중의 눈치를 살피니 아줌마의 말에 동조하는 낯빛이었다. 신용카드를 도로 넣고는 후배 로봇의 어깨를 손바닥으로 스쳐 때리며 맥주잔을 내밀었다.

"한 잔 말아봐라. 세 잔만 딱 마시고 이야기 이어하자. 동등하게 대화하려면 술도 동등하게 마셔야 하지 않겠나."

김장 로봇은 소맥을 연거푸 세 잔 마신 후, 다들 후배들이니 말을 놓을 것이고 말주변이 부족하여 감정을 솔직하게 드러내며 때로는 욕도 할 수 있으니 놀라지 말고 듣기 거북하면 자제해달라는 말을 하라고 했다. 김장 로봇은 퇴직을 한 마당에 로봇의 품위는 제쳐두고 그동안 로봇들에게 제대로 표현하지 못한 말들을 쏟아내겠다고 결심했다.

"그래, 혁신로봇학교에 대해서 뭐가 그렇게 궁금해서 억수같이 쏟아지는 빗속을 뚫고 오라고 했어?"

"처음부터 형님을 부를 생각은 없었고, 혁신로봇학교에서 교무부장을 하는 내 옆의 로봇이 자기 로봇학교의 혁신 교육을 주도하는 혁신부장 로봇 때문에 힘들다고 하소연하길래, 둘이서 비겁하게 험담하지 말고 혁신부장 로봇도 불러내어 갈등을 풀자는 뜻이 형님까지 연결된 겁니다."

"일단 정리를 좀 하자. 아까 허심탄회하게 이야기 하자던 후배가 교무부장 로봇이고, 혁신로봇학교에 근무한다는 로봇이 혁신부장 로봇인데, 둘 다 같은 로봇학교에서 근무하고?"

"예, 맞습니다."

"예전에는 눈치로 대충 상황을 파악했는데 나이가 들어서 이제는 물어봐야 실수를 안 해. 지금도 안 물었으면 한참 대화가 무르익은 후에야 두 사람이 같은 로봇학교에 다니는 줄 알았을 거야."

"형님은 그리 안 될 줄 알았는데, 세월 앞에 장사 없다는 말이 맞네요."

"너는 그리 안 될 줄 알고. 너도 얼마 안 남았다. 여기 있는 후배들이 오늘 네가 한 이야기 그대로 할 날이 있을 거야."

"연달아 석 잔을 퍼부었더니 알딸딸하다. 우리 둘이서 농담 따먹는 이야기 그만하고 혁신로봇학교 이야기 누가 먼저 시작해 볼래?"

"혁신로봇학교의 운영 형태가 일률적으로 정해져 있는 게 아니잖아요? 우리 로봇학교 공동체의 지혜로 학생들의 성장과 발달을 민주적으로 도모하면 되잖아요? 그런데 여기 있는 혁신부장은 지역 혁신로봇학교 전문적학습공동체만 다녀오면 혁신로봇학교는 이래야 된다며 특정한 형식부터 갖추기를 강요합니다. 지난 학년말의 워크숍으로 교육과정이 이미 정해져 있는데, 정해진 교육과정의 형식을 바꾸어야 한답니다. 가르치는 내용은 똑같은데, 방법을 바꾸어야 한다는데 도무지 이해가 안 됩니다."

"교무부장 로봇님, 방법은 내용을 드러내는 기본 그릇이라 그 그릇에 따라 내용도 달라집니다. 특히 방법을 명명한 이름으로 로봇들은 직관적으로 내용을 짐작하고 어떻게 담을 것인지를 논의합니다."

"그럼 학생 다모임, 로봇 다모임, 학부모 다모임 이렇게 부르면 뭔지 직관적으로 떠오르고, 학생 회의, 학부모 회의, 로봇 회의하면 뭔 내용인지 떠올릴 수 없다는 말이야?"

"다모임의 의미를 모르면 구분할 수 없겠지만, 다모임이 안건과 관련된 구성원이 다 모여서 민주적인 소통으로 구속력이 있는 의사결정을 하는 자율협의회라는 의미를 알면 참여하는 태도가 다르지 않겠습니까?"

지금까지 아무 말도 하지 않고 자리를 지키고 있던 후배 로봇이 끼어들었다.

"우리 로봇학교는 다모임이라는 이름을 붙이지 않고도 정말 민주적으로 의사결정을 하고 결정된 내용이 법령이나 규정, 지침에 어긋나지만 않으면 관리자 로봇이 그것을 모두 존중하거든. 그래서 참여하는 로봇들도 회의에 부담을 갖지 않는데. 우리 로봇학교도 굳이 다모임이라는 말을 붙여야 해?"

"선배님 로봇학교는 혁신로봇학교가 아니니까 굳이 붙일 필요가 없겠지만, 중요한 점은 로봇들이 결정한 사항을 관리자 로봇이 인정하는 결정 구조가 아닌, 처음부터 다 모여 결정하자는 민주적인 의사결정 구조의 여부입니다."

김장 로봇이 맥주잔을 입으로 가져가려다가 앞으로 내미니 모두 잔을 가볍게 부딪치고는 서너 번 끊어서 마셨다.

"다모임이라는 용어가 아니더라도 회의는 당연히 민주적으로 이루어져야 하고, 만약 의사결정 구조가 여러 단계거나 복잡하면 단순화하여 의사결정 시간을 줄이고 실천의 시간을 늘리는 게 효율성 있는 회의이지."

"형님, 그런데 혁신로봇학교의 관리자라고 하여 회의를 다모임으로 바꾸면 하루아침에 자동으로 회의를 바라보는 태도가 달라집니까?"

"제 말이 그 말입니다. 우리 로봇학교가 혁신로봇학교이지만 구성원 전체가 지정을 찬성하지 않았고 관리자도 지원되는 예산이 탐나서 신청했다고 추측됩니다. 이런 상황에서 혁신로봇학교의 무늬만 따르는 것이 무슨 의미가 있습니까?"

"교무부장 로봇님! 그러니까 형식을 제대로 갖추고 철학과 내용은 그 형식에 맞도록 채워가면 됩니다."

"혁신부장! 그게 혁신로봇학교의 취지에 맞아? 우리가 혁신로봇학교를 추진하기 위해서 여러 혁신로봇학교를 벤치마킹했고 마스터 로봇 기관의 혁신로봇학교 나눔 마당에도 참여해봤잖아? 그때 우리가 나눈 이야기를 떠올려보자. 프로젝트 학습의 대부분은 협동학습과 조사학습이고, 수준도 일반 로봇학교보다 낫지 않고, 그런 것을 모은 나눔 마당의 수준이 그만그만하니, 일반 로봇학교 로봇들의 참여가 떨어져 자연적으로 혁신로봇학교의 일반화와 확산이 멀어진 거라고 우리끼리 이야기했잖아."

"부장 로봇님, 우리 로봇학교는 그렇게 되지 않을 것입니다. 그래서 꼭 한 가지 수업모형을 강요하지 않으며 혁신로봇학교의 취약점인 지식 중심의 교육 활동을 보장하고 있잖습니까."

"그러니까 내 말이, 그렇게 하려면 워크숍에서 결정한 내용과 형식으로 운영을 한 다음, 지금 우리가 나누는 대화처럼 워크숍을 거듭하며 우리 로봇학교만의 혁신로봇학교로 나아가야 하잖아."

김장 로봇이 잔을 들고 내미니 잔을 가볍게 부딪치며 맥주를 넘기는데 다들 목 넘김이 한결 수월했다. 김장 로봇이 먹태를 고추장에 여러 번 찍었지만, 점성이 떨어진 고추장은 깊이 팰 뿐이었다. 고추장 파기를 그만두고 먹태를 입에 문 김장 로봇이 비어있는 잔에 맥주를 따르고는 다시 잔을 내밀며 한잔 더 하자는 눈짓을 보내자 모두 잔을 급히 들어 마시는데, 김장 로봇은 입에 대다 말고 내려놓으며 말을 돌렸다.

"혁신로봇학교를 왜 추진했어? 솔직한 이유를 알고 싶다."

"형님, 난데없이 그렇게 물으면 이야기가 이상해집니다."

"이 두 양반이 어떤 답을 하느냐에 따라서 난데없는 질문이 될 수도 있고 아닐 수도 있겠지."

"두 사람이 주도적으로 추진한 거야? 아니면 관리자 로봇이 시킨 거야? 그것도 아니면 구성원들이 원한 거야?"

"우리 두 사람이 주도적으로 추진한 것도 맞고, 관리자의 은근한 바람도 있었고, 구성원들의 호기심도 있었습니다."

"추진한 목적은 같아?"

"…."

"혁신부장 로봇 네가 말해라, 분위기 이상하게 만들지는 말고. 하여튼 형님은 분위기 깨는 데는 선수다."

혁신부장 로봇이 말하기를 주저하여 김장 로봇이 이어나갔다.

"지금까지 이야기 들은 것으로 내 생각을 솔직히 말할 테니 기분이 나쁘더라도 참고 있다가 끝난 다음에 반박해라. 교무부장 로봇은 학생들을 위하는 마음과 구성원들에게 인기를 얻으려는 마음이 섞여 있고, 혁신부장 로봇은 혁신로봇학교의 형태를 빨리 만들어 어디 가서 강의하며 인기를 얻어서 장학사 로봇하려는 마음이 앞서고, 관리자는 마스터 로봇에게 잘 보여서 더 나은 로봇학교나 장학관 로봇으로 전직하고 싶은 마음이고, 구성원들은 학생들을 위한다는데 굳이 반대할 명분이 없고."

"학생들의 성장과 발달을 위해 혁신로봇학교를 추진하겠다는 마음보다 각자 딴생각인데, 딴생각으로 기존의 로봇학교 형태가 모두 구태라며 갈아엎기 위해 혁신로봇학교는 이래야 한다는 구실로 끼리끼리 모여서 간식 사놓고 학생들의 삶에 미치는 이야기보다 로봇들의 만족을 위한 로봇학교 변화에 치중하는 로봇학교가 혁신로봇학교의 형식은 아닌 것 같은데."

"선생님이 혁신로봇학교에 대해서 뭔가 색안경을 끼고 보시는 게 아닌지, 아니면 혁신로봇학교에 대한 부정적인 생각을 전제로 이야기를 하는 것이 아닌지?"

"솔직하게 말하면 지금은 부정적으로 봐. 초창기 혁신로봇학교를 추진하던 분들을 정말 존중했고, 본

받고 싶은 마음에 나름대로 공부를 많이 했어, 그래서 뜻을 같이하는 분들과 혁신로봇학교를 같이 추진하고 싶은 마음으로 내가 먼저 모범을 보이기 위해 로봇의 고유 업무이며 제일 부담 없이 접근할 수 있는 수업부터 학생들의 삶으로 앎을 가꾸어보자고 했지."

"그 당시에 혁신로봇학교에 대한 로봇들의 관심은 어땠습니까? 실례이지만 선생님의 현재 나이로 추측하면 꽤 오래전으로 겨우 서울, 경기도에서 시작할 시기인 듯합니다."

"맞아, 그랬어. 막 진보 마스터 로봇이 당선되어 혁신로봇학교 지정을 하면서 사회적 갈등을 일으키고 있었지."

"형님, 그런 사정인데 굳이 혁신로봇학교를 받아들인 특별한 이유가 있었습니까? 내가 알기론 그때의 형님 성향이면 그다지 학생들의 삶에 크게 신경 쓰지 않았을 텐데…."

"나에 대해서 잘 모르는 분들이 많아. 나뿐만이 아니고 각자 살기 바빠서 다른 사람의 삶에 관심이 없잖아. 간혹 있을 경우도 현재 그 사람의 삶이 아닌 과거에 본인이 알고 있었던 그 사람으로 현재의 그 사람을 판단하잖아. 지금 네가 나를 판단하듯이."

"빈정거려서 마음이 상했으면 미안합니다. 그럴 뜻은 없었고 하도 분위기가 딱딱해져서 웃자고 한 말입니다. 맥주 한잔 더 합시다."

다 같이 맥주를 들이켜고는 김장 로봇이 말을 이어가기를 바랐다.

"나는 시골 로봇학교에 다니는 학생들이 공부 잘하기를 바라는 로봇이었어. 물론 도시 로봇학교를 대충 다닌 것은 아니지만. 시골 로봇학교의 학생들이 당장은 도시 로봇학교의 학생들보다 학력이 떨어지겠지만, 자기 주도적 학습력을 길러주면 학년이 올라가거나 상위 학교로 진학할수록 그 격차를 줄일 수 있을 거라고, 아니 추월할 수 있을 것이라는 확신이 있었어. 그래서 시골 로봇학교에서 근무하는 것을 좋아했고 학생들의 기초 기본 학습과 동기유발, 특히 호기심 갖기와 해결하는 방법에 남다른 열정을 가졌어. 그러다가 영재교육의 프로젝트 학습을 응용하면 효과가 있겠다는 확신이 생겼고 그렇게 지도하여 실제적인 성과도 있었어. 백 퍼센트 나의 열정 덕분이라고는 주장할 순 없지만….”

“공부 잘하는 학생에 대한 선생님의 정의는 무엇입니까? 좋은 대학 가서 만족하는 직장을 갖는데 일조하는 공부를 말하는 겁니까?”

“맞아! 부정하진 않아. 하지만 결과로 공부 잘하는 사람이 아닌, 과정으로 공부를 잘하는 사람이 되기를 원했어.”

“무슨 차이입니까?”

“간단하게 말하면, 학생들이 처한 삶으로 앎을 키우는 프로젝트 학습을 몸에 익혀, 학생이 원할 때 원하는 공부를 하기 위해 헤매지 않도록 공부하는 방법을 체득하게 하고 싶었어. 그래서 학생들이 가장 흥미를 갖는 그들의 삶의 일부분을 프로젝트 주제로 삼았지.”

“형님, 솔직히 말하면 안 되는 아이들도 있지 않습니까? 그 아이들도 프로젝트를 잘 수행했습니까?”

“너 말대로 그런 아이들도 있었어. 그래서 프로젝트 수준을 낮추어 기초 기본 학습과 공부하는 방법에 치중했어. 그래도 안 되는 아이들도 있었어. 그런데 명예퇴직하기 얼마 전에 제자가 건축 공모전에서 대상을 받았다며 연락을 했어. 제자의 소식이 반가우면서도 선뜻 이해가 안 되었어. 그 애는 기초 기본, 특히 수학을 정말 힘들어했거든. 며칠 뒤에 만나서 공부 과정을 물었더니 중학교에서 고등학교로 진학할 때는 대학 진학보다는 고등학교를 마치고 취업하고 싶어서 특성화 고등학교로 갔고, 진학 후에는 자기가 원했던 공부여서 모르는 게 있으면 여기저기서 필요한 정보를 찾아 해결했고, 물론 선생님들의 도움도 받았고. 점점 재미가 있어서 학생 공모전에 출품하여 좋은 결과로 이어졌고, 좋은 결과가 국립대학 입학으로 이어져 대학에서도 하고 싶은 공부를 하게 되면서 이번 공모전에서 대상을 받았다고 했어. 건축이면 수학이 필수적으로 필요한데 어떻게 해결하는지를 물었더니, 사실 지금도 힘든데 그럴 때마다 수학을 잘하는 친구를 통해서 별도의 수학 공부를 한댔어."

"그 아이가 대단합니다. 그럼 형님은 그 아이가 그렇게 잘 성장한 게 형님의 프로젝트 학습의 결과다 이 말이지요."

"나는 그렇게 해석해. 그 제자도 내 앞이라 그랬는지는 모르겠지만 초등학교 때의 프로젝트 학습의 효과를 어느 정도 인정하더라. 그리고 공부를 하면서 내가 수학을 강조한 이유를 알게 되었다고도 하고."

"선생님 그러면 더더욱 혁신로봇학교가 더 확산하기를 바라야 하지 않나요?"

"그렇지! 당연히 그렇지. 나는 현재의 정형화되고 교사 편의 중심의, 단시간에 일반화와 확산을 시키려고 특별 예산을 배정하여 학생들의 성장과 발달보다 돈을 쓰기 위한 교육과정을 운영하는 혁신로봇학교를 반대할 뿐이야. 그게 무슨 혁신로봇학교야? 나는 그런 걸 인정하지 않는 거야!"

"…."

김장 로봇은 더 할 말이 있었지만 잦아드는 비를 틈타서 일어섰다. 어지러운 전깃줄 너머 밝은 파란 하늘이 비쳐서 시계를 보니 먼동이 틀 시간은 아니었다. 골목길 가장자리의 하수구 쇠 덮개 주변에는 폭우로 쓸려내려와 빨려들지 못한 쓰레기와 잔가지들이 널브러져 있었다. 갑자기 하수구 쇠 덮개 사이로 흐르는 빗물을 보니 오줌을 갈기고 싶은 욕구를 느꼈다. 바지를 내리다가 고개를 들어 주변 CCTV 카메

라를 살폈다. 이제 로봇도 아닌데 들키면 경범죄 벌금 내면 되지, 뭐가 걱정인데. 하수구 쇠 덮개 사이를 조준하여 시원하게 배출하는데 쇠가 부식되지 않았다. 있는 힘을 다해 괄약근을 압박하며 마지막 한 방울을 짜냈지만, 그마저도 쇠를 부식시키지 못했다. 로봇에서 벗어나는 징조의 쾌감보다 공허함이 밀려와서 오줌을 튕긴 쇠 덮개를 발로 탕탕 굴러보고 발끝으로 짓이겨보았지만 소용없었다.

오기가 발동하여 쇠 덮개를 벌리고 싶은 심사로 주변의 돌멩이를 틈새에 끼워서 발로 억세게 밀어넣었으나 물에 젖은 돌만 힘없이 부서졌다. 쓸데없는 집착이라 생각하면서도 여기저기의 돌을 쇠 덮개 틈새에 밀어넣는 것을 멈출 수 없었다. 땀이 나서 셔츠를 바지 밖으로 빼내고 단추를 풀었더니 쇳덩어리가 탄력 잃은 가슴 살갗의 땀으로 반짝이고 있었다.

'그래, 이놈을 떼서 틈새 사이에 끼우고 벌려보자.'

땀 묻은 쇳덩어리와 살갗 사이로 조심스럽게 손가락을 꼬물거리며 밀어넣으니 벌어진 틈새 사이로 벌건 살갗이 드러났다.

'확 잡아뗄까? 아니야. 그러다가 살점이 뜯기면 아

프잖아?'

아주 조심스럽게 천천히 손가락을 꼬물거리며 밀어넣으니 땀과 때가 섞여 곤죽이 되었다. 미끄덩거리는 손가락의 불쾌한 감촉보다 쇳덩어리가 떨어진다는 기대감으로 곤죽을 헤집고 손가락을 번갈아 밀어넣었다.

'따끔거리는데 그만둘까? 아니야, 거의 다 되었어. 조금만 밀어넣으면 뗄 수 있을 거야.'

이윽고 때 곤죽이 묻은 손가락 끝이 쇳덩어리의 끝에서 보였다. 살살 빈틈을 확보하며 천천히 손을 빼고는 쇳덩어리를 가슴에서 들어올리니 때 곤죽과 벌건 살이 당겨올려져 큰 아픔 없이 분리되었다.

오랫동안 달려 있었던 세월치고는 허망하게 떨어진 쇳덩어리를 하늘로 치켜올리니 가로등 불빛을 희미하게 반사했다. 물끄러미 쇳덩어리를 쳐다보던 김장 로봇이 불현듯 생각난 하수구 쇠 덮개에 대한 집착으로 쇳덩어리를 쇠 덮개의 빈틈에 억지로 끼우고는 날 선 부분을 발로 힘껏 밟았다. 발바닥이 아파오기 시작하자 주위의 큰 돌멩이를 주워서 날 선 부분의 쇳덩어리를 쳤다. 쇳덩어리에 부딪혀 흩어지는 돌멩이 조각이 김장 로봇의 집착을 비웃는 듯했다. 움켜쥔 돌멩이를 집어던지고는 길바닥에 털썩 주저앉으며 실성한 사람처럼 크게 웃었다.

아까 후배 로봇들의 자존심이 상할까 봐 차마 하지 못한 말을 떠올렸다. 다단계, 피라미드 구조의 유사 교육학이 대단한 교육철학인 것처럼, 광적으로 신봉한 로봇들과 이들을 비호한 마스터 로봇이 교육자로서의 올바른 자질, 아니 자격이 있는지 묻고 싶었다. 교육 용어로 부적절한 말을 빌려 쓰고, 사소한 아이의 행위를 비과학적으로 과장하고 확대해석하여 일반화하며 칭송하는 태도는 유사 종교와 흡사했다. 그런 그들이 강조한 전문적 학습공동체는 학생들의 변화보다 그들의 행위를 칭송하는 감상과 낭만으로만 가득 차지 않았던가.

하수구 쇠 덮개에 꽂혀 있던 쇳덩어리를 뽑고는 하수구 쇠 덮개를 들어올렸다. 하수구 바닥을 내보이며 제법 빠르게 흐르는 물 위로 쇳덩어리를 던져넣었다.

'잘 가라.'

로봇 승진제도

섭장 로봇이 마스터 로봇 후보자 TV토론을 준비하기 위해 TF팀을 만들었다. 저경력의 로봇, 부장 로봇, 학교 급별 대표 로봇, 시·군단위의 대표 로봇, 교육계 원로, 학부모, 교육에 관심이 있는 도민들로 다양하게 구성되어 있었다. 김장 로봇이 위원장이었지만, TF팀은 외부로 드러나지 않는 섭장 로봇의 최측근이 구성했기 때문에 김장 로봇은 처음 보는 이들이 많아서 데면데면했다. 어떤 이는 알은체하기도 했지만, 기억은 나지 않았다. 김장 로봇은 이 분위기를 깨기 위해 바로 회의를 진행하고 싶었지만, 다른 이들은 김장 로봇이 위원장인 줄을 모르고, 김장 로봇은 회의 주제도 몰랐기 때문에 섭장 로봇이 빨리 오기만을 고대했다.

'새끼가 늦게 오려면 TF팀 명단과 주제라도 먼저 이야기하지'라고 꽉 다문 입안에서 혀를 신경질적으로 놀리고 있는데, 섭장 로봇이 태연하게 문을 열고 들어왔다.

김장 로봇은 짜증을 숨기지 않으려는 심산으로 문을 열고 들어오는 섭장 로봇과 눈이 마주치는 순간, 일부러 몸을 홱 돌리고는 회의용 탁자의 둥근 모서리에 가만히 서고는 중지의 손톱으로 탁자를 톡톡 두드렸다.

"다들 바쁜 분들인데 많이 기다리게 해서 정말 미안합니다. 참석해주신 한 분 한 분을 일일이 소개해야 마땅하지만, 늦어진 시간만큼 회의를 빨리 진행하기 위해서 위원장만 제가 소개하고 나머지는 위원장에게 회의 진행의 전권을 맡기겠습니다."

"제 소개도 제가 할 테니, 섭장 로봇은 소개가 끝난 후 오늘 회의의 핵심 내용을 간략하게 말씀해주십시오. 저는 얼마 전에 로봇학교 교장 로봇으로 퇴임했고, 현재 섭장 로봇의 마스터 로봇 선거를 조금 돕고 있는 김장 로봇입니다. 제 왼쪽부터 앉은 순서대로 자기소개를 부탁합니다."

소개를 통해 파악한 섭장 로봇 최측근들의 성향은 예상했던 그대로였고, 선거가 끝난 후에 이들은 틀림없이 불가사리가 될 텐데, 마스터 로봇으로서 섭장 로봇이 이들을 어떻게 정리할지 걱정이 되었다.

"섭장 로봇님이, 오늘 회의의 성격에 대해서 미사여구 생략하고 선거와 관련지어 진술하면서 간략하게 요점만 말씀해주십시오."

"위원장님, 제가 늦게 온 것 때문에 심사가 틀어진 것 같은데…."

"제가 오늘 여기서 처음 본 분들이 많아서 이런 말을 하기가 부담스럽지만, 이번 선거에서 이기기 위해서나, 당선된 후에 섭장 로봇이 마스터 로봇으로서 역할을 모범적으로 하여 도민들의 신뢰를 얻어야만 여기 모인 분들의 욕심도 채울 수 있을 것으로 판단되어, 회의하기 전에 뒤틀린 저의 심사를 말씀드리겠습니다."

"말씀해보십시오."

"먼저 명색이 제가 TF팀 위원장인데 팀 구성과 회의 내용에 대한 사전 정보 교환이 전혀 없었습니다. 다음으로 섭장 로봇이 습관적으로 시간을 지키지 않는 태도를 지적합니다. 선거 관련으로 섭장 로봇과 사적 또는 공적인 모임을 여러 번 했는데, 시간을 제대로 지킨 경우가 거의 없었고, 더 우려되는 점은 이런 태도를 아무렇지 않게 생각하는 것으로, 지금은 저의 기분을 상하게 할 정도밖에는 별문제가 되지 않겠지만, 마스터 로봇이 된 이후에는 습관적으로 시간을 지키지 않아서 주변을 불편하게 할 것이고, 이런 불평이 마스터 로봇 기관 밖으로 알려져서 말과 행동이 다른 권위주의자로 알려지면 큰 타격이 될 것입니다. 지금의 마스터 로봇이 이번 선거 불출마를 선언하게 된 시작점이 시대에 역행하는 권위주의 의전이었음을 유념하면 좋겠습니다."

"이런 이야기가 다른 후보 선거운동조직에 알려지면 큰 손실이 예상되어서 제가 명확하게 말씀드릴 테니 너는 서론하지 않기를 바랍니다."

"섭장 로봇은 지금 여기에 모여 있는 위원들을 신

뢰할 수 없다는 말씀입니까? 이런 정도 회의의 보안을 장담할 수 없다면 우리 회의의 결과가 상대 후보들의 선거에 도움을 줄 게 뻔한데 회의를 하지 않는 게 더 현명하지 않을까요? 아니면 의견 수렴한다는 격식만 차리고 최측근들로 선거를 치르겠다는…."

"김장 로봇! 말이 지나칩니다. 제가 그렇지 않다는 것을 누구보다 잘 알면서 그런 말을 하니 참 섭섭합니다."

교육계 원로 되는 분이 참 볼썽사나운 풍경이라며 중재했고 섭장 로봇은 김장 로봇의 문제 제기에 답했다.

TF팀은 공식적인 선거운동을 시작하기 전에 이미 꾸려져 암암리에 운영되고 있었는데, 공식적인 선거운동 기간이 되면서 김장 로봇을 위원장으로 선임하자는 위원들과 주변인들의 의견을 존중하여 오늘의 모임이 이루어졌다. 이번에 김장 로봇만 새롭게 위원장으로 선임되었기 때문에, 즉 위원들이 김장 로봇을 위원장으로 선임했기 때문에 김장 로봇과 위원 구성을 의논하는 게 애초에 성립할 수 없었다. 회의 주제는 로봇 승진제도로 평소 논의를 많이 했던 관계로 새로운 대안을 찾기보다 지금까지 논의된 내용을 조정하거나 정리만 하면 될 것 같았다. 지금의 마스터 기관이 인사 혁신 운운하며 칼을 번쩍 뽑았지만, 기껏해야 면접 방법, 직무연수 변경 정도고, 되레 번쩍이는 칼날로 로봇학교 현장을 겁박하여 불안을 초래했다는 비판을 상기하면, 로봇 승진제도는 마스터 로봇이 개선하기에는 근본적인 한계가 있어서 잘못 건드리면 지금의 마스터 로봇처럼 될 가능성이 있어서 고민을 거듭하다가 협의할 시기를 놓쳤다고 했다.

그리고 약속에 상습적으로 늦는 태도는 깊이 새겨서 반드시 고칠 것이고, 이참에 선거운동 과정에서 드러난 다른 권위주의도 반드시 일소하겠다고 약속했다.

김장 로봇은 남들이 잘 모르는 섭장 로봇 최측근들에 대한 지나친 의존과 그들이 향후 불러올 폐단을 더 깊이 건드려서 섭장 로봇에게 경고하고 싶었지만, 선거운동 분열이 우려되어 선거가 끝난 후로 미뤘다.

"위원장으로서 회의를 매끄럽게 진행하지 못한 점을 사과드리며, 아울러 회의 전에 주고받은 이야기는 향후 마스터 로봇으로서 섭장 로봇이 권위를 세우는 데 보탬이 되기를 바랍니다. 시간을 흘려보낸 책임이 저에게 있어서 거듭 미안합니다. 하지만 어수선한 분위기를 가라앉히고 머리도 식힐 겸 잠시 휴식 시간을 갖는 게 나을 것 같습니다."

커피를 한잔하는 동안 알 듯한 사람들이 김장 로봇의 블로그나 SNS에 쓰는 글을 잘 읽고 있다며 악수를 청했다.

마시던 커피잔을 갖고 지정석 없이 원하는 사람과 편안하게 앉아서 이야기 나눌 수 있도록 한 후 간사를 맡은 로봇에게 김장 로봇이 위원장으로 선임되기 전까지 의논된 내용을 간략하게 보고하도록 했다.

"로봇 승진제도는 일반적인 승진가산점 중심의 승진제도, 교장 로봇 공모제, 장학사 로봇 시험으로 나눌 수 있으며 간혹 마스터 로봇의 의지에 따라 외부 인사가 공개 채용됩니다. 모든 제도에서 기본적으로 기본적인 교육 경력과 자격증을 요구하나 교장 로봇 공모제도의 개방형과 외부 인사 공개 전형의 경우는 예외적일 수 있습니다. 교장 로봇 공모제의 개방형은 대상이 아주 적고, 외부 인사 공개 전형은 대상은 적으나 채용 결과에 따라 코드인사, 채용 대상자의 영향력, 선거 기여도에 따라 날 선 비판을 받습니다. 이를 근거로 오늘 회의에서는 공정성을 중심에 두고 현행 제도의 보완과 새로운 승진제도까지 열어두겠습니다."

"간사님이 정리한 순서대로 이야기를 나누면 좋겠고, 오늘 회의의 규칙은 모든 위원에게 발언권이 있고, 시간제한으로 발언권이 제지되지 않으며, 상호간의 비판은 있을 수 있으나 옳고 그름의 이분법으로 재단하지 않겠습니다. 모든 발언을 존중할 것이므로 주저 없이 말씀해주십시오. 먼저 로봇 승진제도의 중심이 되는 승진가산점부터 의논하겠습니다."

"승진가산점 중 마스터 로봇 기관이 조정할 수 있는 가산점만으로 제한하여 의논하는 게 효율적이지 않을까요?"

"저도 그 의견에 찬성하며, 벽지 로봇학교의 가산점 중 마스터 로봇 기관에서 부여하는 점수가 이미 삭제되었고, 벽지 로봇학교 지정도 행정안전부의 기준으로 교육부에서 지정하니 우리가 다룰 사안이 아니어서 마스터 로봇 기관이 지정할 수 있는 준벽지 로봇학교의 가산점에 대해서 의논하면 좋겠습니다."

"준벽지 로봇학교 지정이 학생들의 교육과 어떤 관련이 있는지 궁금합니다."

"말씀하신 의도를 대충은 알겠는데 짐작으로 말씀드리면 안 될 것 같아 질문하신 의도를 솔직하게 말씀해주시면 좋겠습니다."

"준벽지 로봇학교에 근무하는 로봇들은 승진가산점을 얻어서 승진할 수 있지만, 학생에겐 준벽지 로봇학교로 지정되기 전이나 후나 달라지는 게, 정확히 말씀드리면 혜택이 있느냐는 것입니다."

"지리적 여건이 좋지 않아서 교사들이 꺼리는 학교를 준벽지 로봇학교로 지정하여 승진가산점을 부여하면 우수한 로봇을 유입할 수 있고, 그런 로봇들이 학생들에게 질 높은 교육을 제공하여 교육 격차 해소와 학생 이탈을 방지합니다."

"현실도 그렇습니까?"

"원래 의도대로 잘 운영된다고, 안 된다고도 할 수 없습니다."

"그게 무슨…."

"로봇도 각양각색이라 학생들의 가정환경을 비롯한 여러 핑계로 대충 가르치고 점수만 따면 그만이라는 로봇, 가진 능력을 준벽지 로봇학교에 쏟기보다 자기계발의 목적으로 출장이 잦은 로봇, 학생들을 위해 전문성과 열정을 꾸준히 발산하는 로봇, 학부모와 지역민과 소통하며 학생 교육에 남다른 열정을 불태우는 로봇이 섞여 있습니다. 그래서 준벽지 로봇학교를 구성하는 로봇 성향과 관리자 로봇의 의지에 따라 원래의 취지를 살릴 수 있고 아닐 수도 있습니다."

"분명한 것은 준벽지 로봇학교로 지정된 이후에 학교 교육과정이 다양해지고 풍부해진 것은 사실이며, 이런 결과는 지정 전과 차별화하여 준벽지 로봇학교로서의 가치를 인정받으려는 의도가 작용했다고 봅니다."

"그런 변화가 학생들에게 어떤 영향을 미쳤는지 연구한 결과가 있나요?"

"그 말씀은 준벽지 로봇학교를 평가하자는 말씀입니까?"

"아닙니다. 설문지에만 의존하는 평가가 무슨 의미가 있겠습니까? 그리고 로봇을 평가하는 제도가 엄연히 있는데 굳이 준벽지 로봇학교라 하여 별도의 평가를 도입하는 것은 과도하고 무엇보다 준벽지 로봇학교의 권위를 스스로 낮추는 행위입니다."

"지금의 이야기는 준벽지 로봇학교에만 해당하지 않는 모든 학교에 늘 제기하는 문제가 아닌가요? 학부모는 늘 좋은 로봇이 담임이 되기를 바라잖아요?"

"저도 그 의견에 동의합니다. 준벽지 로봇학교에만 해당하는 이야기를 합시다. 준벽지 로봇학교로 지정되어 나아진 것은 분명한가요? 준벽지 로봇학교에 다니는 자녀가 있는 위원이 있으면…."

"나아진 것은 분명해요. 우리 아이도 예전보다는 학교 가는 게 즐겁다고 하고, 무엇보다 로봇이 근무할 수 있는 최대 기간을 다 채우니 시설을 비롯한 환경이 많이 개선되었고, 낙후된 환경만큼이나 변하지 않았던 교육 활동도 학생과 학부모의 요구를 적극적으로 수용하고, 예전에는 로봇이 일 년만 참으면 다른 학교로 갈 수 있어서 그랬는지 아이에 대한 애착이 별로 없어 보였는데 지금은 학습 부진과 학부모 상담에 상당한 공을 들여요."

"준벽지 로봇학교가 어느 정도는 효과가 있겠지만

시골 작은 로봇학교의 한계를 극복하는 수준은 아닐 것입니다. 그리고 인구의 자연 감소와 일자리가 없는 시골을 생각하면 학생 수 감소는 어쩔 수 없고, 계속 추진하고 있는 교육부와 마스터 기관의 작은로봇학교 살리기 정책과 학교장 로봇의 의지와 정치력으로 지자체와 협력한 거주형 학생 유치로 일시적으론 학생 수 증가가 있겠지만 조만간 그 한계에 부딪힐 것입니다. 그래서 준벽지 로봇학교 지정을 작은로봇학교 살리기 대안으로 연결하는 건 무리입니다."

"저도 같은 생각입니다. 지리적으로 소외된 로봇학교 학생의 행복추구권으로 준벽지 로봇학교를 지정해야지, 다른 지역에 준벽지 로봇학교가 몇 개니까 우리 지역도 몇 개여야 한다거나 벽지 로봇학교가 폐교되었으니 준벽지 로봇학교 지정이 필요하다는 주장은 타당하지 않습니다."

"준벽지 로봇학교 지정을 학생 교육으로만 바라보면 안 됩니다. 다른 직장인과 마찬가지로 로봇도 당연히 승진에 대한 욕구가 있습니다. 로봇의 이 당연한 욕구는 학생을 직접 가르치지 않는 로봇의 지위로 승진하면 안 된다는 논리로는 대체 불가합니다. 그리고 로봇이 승진하여 마스터 기관의 관료체제를 유지하지 않으면 교육의 전문성에 심각한 손상을 입습니다. 이런 폐단을 줄이자며 대학 총장 선출 방식의 교장 로봇 보직제나 로봇학교운영위원회에서 선출하는 방법 등을 제시합니다. 하지만 이런 주장들은 대학 총장 선거의 치열함, 그리고 로봇학교운영위원들의 교육 전문성이 꾸준히 의심되는 상황을 간과한 것입니다. 그리고 이렇게 선출된 관리자 로봇이 현재의 승진제도로 승진한 로봇보다 우수하다는 보장도 없습니다."

"위원님의 말씀이 로봇 승진제도 전체를 관통합니다. 우리 회의에서 다루기가 벅차고 여기서 대안을 마련해도 국가 정책에 반영할 수 없다는 한계가 있습니다."

"교육제도가 모두 연결되어 있으니 딱딱 자르고 구분해서 말하기가 정말 힘이 드네요. 제 이야기는 로봇 승진을 꼭 학생 교육에만 얽매지 말고, 로봇의 기본 욕구 충족과 교육 전문성을 고려하여 기존 승진제도가 무조건 나쁘다고 전제하여 기존과 다르면 무조건 낫다는 논리로 이어지는 것을 경계하자는 것입니다."

"승진을 앞둔 로봇의 입장을 말씀드리면, 승진가산점이 희소해지면서 승진을 포기하는 로봇이 늘어났고 승진의 문이 좁아지니 승진에 병적으로 매달렸고 이 병적인 태도가 승진제도 자체를 부정하는 빌미를 제공했습니다. 그리고 병적인 태도가 로봇의 일탈로 이어져서 징계를 받는 로봇이 생겼고 심지어 징계를 받고도 성찰은커녕 운이 나빴다며 억울해하는 로봇도 있었습니다. 그리고 이렇게 승진한 교장 로봇들의 자격에 대한 논란도 있었고, 저는 대화를 준벽지 로봇학교 가산점에 한정하지 않고 덧붙이면 로봇 승진가산점은 승진하려는 로봇이면 지금보다 쉽게 획득해야 하지만 승진가산점 한두 개는 지금보다 교육 전문성을 더 요구하는 까다로운 가산점이어야 변별력이 있다고 생각합니다."

"그럼 다른 승진가산점을 포함하여 논의 범위를 넓혀볼까요?"

"좀 쉬었다가 하면 안 될까요? 화장실도 가야 하고, 로봇들은 회의를 시작하면 쉬지도 않고 끝장을 보려 하네요. 그래서 웬만하면 로봇과 함께 하는 위원은 안 하려고 했는데….”

“호호호, 로봇을 폄훼할 의도는 아니죠?”

급하게 화장실로 달려가고, 휴대전화를 꺼내고, 일회용 커피를 타 마시고, 물을 마시는 시간이 흘러가자 여기저기 삼삼오오 모여서 협의 내용을 이어갔다. 김장 로봇은 회의를 속개하자는 의견이 나올 때까지 지켜볼 심산이었다.

김장 로봇이 멍하니 창밖을 바라보는데 섭장 로봇이 다가와 약속이 있어서 다른 위원들에게 알리지 않고 먼저 가겠으니, 늦은 시간에 회의가 마치더라도 괜찮으니 연락하라고 했다. 섭장 로봇이 나가며 연 문이 눈치 없이 세게 닫히는 바람에 갑자기 주변이 조용해졌다. 이어서 김장 로봇에게 시선이 쏠렸고 간사 로봇이 회의를 이어가자는 눈짓을 보냈다.

“마스터 로봇 후보님이 회의를 방해하지 않기 위해서 위원님들에게 알리지 않고 먼저 갔습니다. 양해해 주시고, 한 가지 당부도 드립니다. 후보자 토론의 방향을 현장 중심의 정책 토론으로 이끌어갈 계획이어서 교육과 관련된 분들의 사소하지만 솔직한 감정이 반영되는 게 중요합니다. 자기 검열은 하지 마시고 떠오르는 생각을 바로바로 이야기해주십시오. 정리는 알아서 잘하겠습니다."

"벽지와 준벽지 로봇학교 승진가산점에서 출발하여 승진에 필요한 가산점 전체로 이야기를 나누자고 했는데, 승진을 염두에 둔 로봇 입장에서는 승진가산점 종류를 많이 줄였으면 합니다. 그리고 직무연수 성적은 폐지해야 합니다. 직무연수 점수는 상대평가인데 95점 초과를 받기 위해 60시간 이상의 연수를 개설한 온·오프라인 연수원을 샅샅이 훑어야 하고, 이마저도 직급이 바뀌면, 즉 교사에서 교감, 교감에서 교장 승진 시에 중복 사용이 불가능하여 별도로 다시 95점 초과 점수를 따야 합니다. 교사에서 교감으로 승진할 때 특정한 영역의 연수 점수를 이미 95점 초과를 받았는데, 교감에서 교장으로 승진할 때 똑같은 영역의 연수로 95점 초과를 받아도 인정되는 것도 모순이고, 더욱이 상대 점수 95점 초과와 95점 이하는 연수 성취도와 관련된 점수가 아닌 연수자의 수준이 반영된 점수일 뿐입니다. 그리고 연수 내용 자체도 승진에 필요한 역량과도 무관합니다. 직무

연수 점수가 꼭 필요하면 교육부 직속 연수원에 승진 역량에 필요한 내용으로 60시간 이상 연수를 개설하고 수료자에게는 승진 요건을 충족한 걸로 인정하면 좋겠습니다."

"마음은 충분히 이해합니다만, 이게 교육부에서 조정해야 할 부분이어서 마스터 로봇 협의회에서 건의할 수는 있지만 마스터 로봇이 그렇게 하겠다고 약속할 수는 없습니다."

"마스터 로봇 협의회와 교육단체가 협심하여 꼭 그렇게 해야 한다고 거듭 강조합니다. 현재는 사설 연수 기관의 돈벌이 수단일 뿐입니다."

"당선 후에 승진제도 개선을 위한 공론화 과정을 통해 반영하도록 합시다."

"아니, 그게 지금까지 모든 후보가 당선 후에 현장을 반영하겠다고 약속했지만 정작 당선 후의 개선 내용을 보면 현장의 의견보다 선거운동에서 자기를 거들어준 교원들의 요구와 진영 논리의 내용으로 바꿔어버립니다. 섭장 로봇은 그렇게 하지 않기를 강력히 촉구합니다."

"위원님의 뜻대로 되려면 이번 선거에 반드시 섭장

로봇이 당선되어야 하는데….”

“마스터 로봇이 개선할 수 있는 승진가산점이 제한되어 있고 이것마저 어떻게 바뀌느냐에 따라 유불리가 달라서….”

“아니 그렇게 생각하면 이 회의 자체의 의미가 없잖아요?”

“원로로서 좀 거들어도 되겠습니까?”

“예, 안 그래도 선배님의 고견을 듣고 싶었습니다. 현직에 계실 때 승진제도가 몇 번 개선된 것으로 아는데 왜 지금까지 제대로 개선되지 않는 걸까요?”

“김장 로봇도 나 이후에 현장에 오랫동안 있었잖아? 왜 제대로 개선되지 않아서 지금까지 우리가 여기서 입씨름을 하고 있을까?”

“글쎄요. 어떻게 바뀌든 모든 로봇의 요구를 만족시킬 수 없어서 그렇지 않을까요?”

“김장 로봇! 그 옛날 내가 만났던 자네가 아닌 것 같네. 옛날의 그 패기 다 어디로 보내고 능청만 남았는가? 자네가 옛날에 나에게 했던 말과 내 생각을 말해볼 테니, 다른 분들은 재미없는 라디오의 교육 다큐멘터리 듣는다고 생각하세요.”

개선된 로봇 승진제도는 로봇이 대비할 수 있도록 유예 기간을 충분히 줘야 공정하고, 보통 경력 20년이 지나면서 승진하는데, 그러기 위해서는 경력이 10년이 되는 즈음에 본격적으로 승진을 준비해야 느긋하잖아. 그런데 경력 10년 즈음의 승진 규정이 10년이 더 지난 후 경력 20년의 시대와는 맞지 않는 거야. 오늘 우리가 논의하는 승진 규정도 바로 내년부터 적용할 수 없고 이 규정대로 준비한 로봇이 승진할 시대와는 또 맞지 않는 거야.

우리나라가 단시간에 선진국에 진입한 원동력은 교육의 힘이잖아. 그 원동력의 핵심은 국가의 정책을 일사불란하게 교육에 적용한 상명하달식 관료체제인데 이 위력이 대단해서 대통령 후보 시절에는 로봇의 승진제도를 지방 자치 시대에 맞도록 혁신적으로 바꾸겠다고 공약하고는 막상 대통령이 되고 나면 국민이 원하는 교육 이슈를 내세워 덮어버려. 로봇 승진제도를 개선하는 데 대통령의 힘이 왜 필요하냐면, 로봇은 국가공무원이잖아. 국가공무원법이 바뀌려면 대통령과 국회 여당의 역할이 중요하기 때문이야. 지금 많은 로봇이 대학 총장처럼 로봇이 선출하는 보직제나 인사 자문위원회, 학교운영위원회 등의 로봇학교 자치 조직을 통하여 선출하자는 거잖아. 그러려면 교감 로봇과 교장 로봇의 자격증 제도가 없어져야 하고, 교사 로봇, 교감 로봇, 교장 로봇으로 나누어져 있는 직급을 없애야 하는데 모두 법령이 바뀌어야 가능하잖아. 물론 오늘 우리가 논의하는 것처럼 현행의 가산점 중심의 승진제도를 보완하자는 주장도 있지만, 원론적으론 지금보다 좀 편하게 승진하고 싶은 마음들이잖아. 그런데 간과하면 안 되는 게, 어떤 승진제도이든 규정은 반드시 있기 마련인데 이 규정이 지금보다 수월할 거라는 착각에서 벗어나야 해. 마음만 먹으면 수월하게 승진할 수 있도록 바뀌면 자연적으로 경쟁이 치열해지니 공정의 시비에 휘말려서 지금보다 어려운 승진 규정이 생길 수밖에 없겠지. 뒤에 논의할 것으로 예상하지만 교장 로봇 공모제도만 보더라도 가산점 중심의 승진제도를 대체하는 혁신적인 제도라며 자화자찬했지만, 지금은 온갖 부정 시비에 휘말리고 심지어 검찰 조사로 임용된 공모교장 로봇이 유죄가 나오는 형국이잖아. 그리고 교장 로봇 공모제도로 승진한 교장 로봇의 역량이 일반 교장보다 뛰어나다고 선뜻 인정하지 못하잖아. 그냥 현행 제도로 승진하기가 어렵거나 좀 빨리 하려고, 공모교장 로봇의 임기는 교장 로봇의 임기에서 빼주니 공모교장 로봇 임기 4년과 교장 로봇 중임 임기 8년을 더하면 12년을 할 수 있으니 다른 로봇보다 빨리 승진한 교장 로봇과 장학사와 장학관 로봇들이 그 자리를 차지하는 악습이 되풀이되잖아. 마스터 로봇 선거에 큰 도움을 준 로봇을 배려하는 제도로 변질도 되었지만.

완벽한 승진제도는 없다는 얘기야. 그래서 우리가 논의할 때는 승진가산점과 학생 교육과의 관계를 우선 생각하자는 거야. 학생 교육과 관련이 없는 가산점은 삭제하거나 점수를 삭감하고 다른 가산점도 학생들의 미래 교육을 지향하도록 개선하고. 예를 들면 로봇의 전문성 제고와 관리자 로봇의 역량 제고 포트폴리오 점수도 생각해볼 수 있잖아.

“종합적으로 진단해주셔서 지금부터의 논의는 한결 수월할 것 같습니다. 일단 승진가산점 중심의 로봇 승진제도부터 결론을 낸 후 다음 논의를 이어갑시다."

"위원장님 로봇이 아닌 입장에서, 마스터 로봇 선거는 도민이 투표권을 행사하는데 로봇의 승진제도도 도민의 입장으로 의논해야 하지 않나요?"

"무슨 의미인지 좀 더 자세히 말씀해주세요."

"도민들은 로봇의 승진가산점에 대해서 별 관심이 없고, 자기 자식 잘 가르치고 사교육비 줄여주고 좋은 학구와 학력 격차가 발생하지 않도록 하는 로봇이 승진하기를 바랍니다. 이런 내용을 의논하여 승진가산점이 주어지도록 해야 하지 않겠습니까?"

"지금부터 그렇게 의논해볼까요? 매월 시험 쳐 상위권 학생을 많이 배출하는 로봇, 학교 예산으로 모든 학생 교육활동 무료로 지원하는 로봇, 서울에 있는 대학에 많이 진학시킨 로봇이 승진하도록 할까요? 위원님이 말한 그 도민 중에는 로봇도 상당히 차지하고 그 로봇의 입이 전하는 말의 뉘앙스에 따라서 선거의 분위기를 바꿀 수 있어요. 도민의 관심이 상대적으로 덜한 마스터 로봇 후보의 공약을 세세하게 따져서 투표하는 도민이 몇 명이나 되겠어요? 마스터 로봇 선거와 직접 관련 없는 많은 도민은 후보의 성향, 흔히 말하는 진보와 보수 아니면 가까이 있는 로봇에게 물어보고 투표해요. 로봇과 도민을 분리하지 않기를 바라요."

"법적으로 선거운동을 할 수 없는 로봇이 그렇게나 힘을 발휘하겠어요? 그리고 교육의 전문성은 로봇이 높겠지만 많은 표를 얻기 위해서는 도민의 요구를 먼저 생각해야 하지 않겠습니까?"

"위원님 상당히 언짢습니다. 마스터 로봇 선거는 교육자를 뽑는 선거입니다. 위원님의 주변에 있는 도민의 요구를 들어주는 정치인을 뽑는 선거가 아닙니다. 물론 마스터 로봇에게 정치력이 필요 없다는 의미가 아니고 미래 세대를 이끌 학생들의 교육을 먼저 생각하는 선거여야 한다는 겁니다. 로봇의 전문성을 존중하는 마음으로 회의가 이루어지면 좋겠습니다."

"그럼 제가 교육 전문성이 없는데 이 자리에 참석했다는 뜻입니까? 상당히 불쾌합니다. 전문성이 없는 저는 위원을 지금 그만두겠습니다."

"그만두고 말고는 본인이 알아서 하시고, 원하시면 퇴장하셔도 됩니다."

"위원장님 말씀이 지나칩니다. 그럼 로봇이 아닌,

로봇 경력이 없는 위원들 모두 퇴장할까요?"

"그런 의미가 아니고, 로봇의 전문성과 마스터 로봇 선거에서 차지하는 로봇의 중요성, 교육자를 선출하는 선거의 특징을 우선으로 생각해달라는 얘기 아닙니까? 그리고 로봇 경력이 꼭 교육 전문성을 뜻한다고만 보지 않고 로봇 경력이 없더라도 교육 전문성이 높은 분들도 많습니다. 거듭 강조하지만, 도민에게 표만 많이 얻으면 된다는 생각은 곤란하다는 의미입니다."

"위원장님 오늘 회의를 여기서 마칠 건가요? 아니면 계속 이어갈 건가요? 회의 주제에서 벗어난 논의가 많은데 위원장님이 적절히 조정하면 좋겠습니다."

"충고를 받아들입니다. 지금 회의를 마치면 오늘 회의의 의미가 없으니 시간이 더 길어지더라도 로봇 승진제도에 대한 결론을 내리고 마치면 좋겠습니다. 어떠신가요?"

"…."

"그럼 결론을 내기 위해 회의를 더 연장하는 걸로 하고 좀 쉬겠습니다. 저도 의견 충돌한 분과 오해를 풀고 싶고요."

김장 로봇이 언쟁한 위원에게 먼저 다가가 악수하며 커피를 한잔하자고 했다. 언짢은 내색을 숨기지 않은 그 위원은 커피믹스를 양손에 든 김장 로봇을 따랐다. 구석진 곳에서 단둘이 나누는 대화를 알 수는 없었지만, 김장 로봇의 말에 고개를 끄덕이는 위원의 모습에서 김장 로봇이 설득을 잘하는 모양이었다.

"저의 기분으로 회의를 원만하게 진행하지 못한 점 거듭 사과드리면서 이후 회의는 좀 빠르게 진행하도록 하겠습니다. 엉뚱한 이야기를 하느라 먼 이야기가 된 듯한데 원래 주제인 승진가산점으로 이야기를 이어가겠습니다. 이런 회의에 익숙한 분들이니 분위기 타면 금방 결론에 도달할 것 같습니다."

"마스터 로봇이 조정할 수 있는 승진가산점의 제약이 있으니 근무 지역과 관계없이 교육과 관련된 활동이면 승진가산점을 취득할 수 있어야 합니다. 시골에 근무하든 도시에 근무하든 교육에 이바지한 결과로 승진할 수 있으면 승진만을 위해 먼 거리를 출퇴근하는 불편은 없을 것입니다."

"그럼, 교통이나 다른 이유로 소외되는 우리 지역

의 학생들은 맨날 우리 지역의 로봇에게만 배워야 한다는 말인가요? 학생이 로봇을 선택할 권한까지 요구하지 않지만 다양한 로봇을 만날 기회를 빼앗는 정책은 반대합니다."

"그런 의미가 아니라, 지역에 따라 승진가산점을 달리하자는 이야기입니다."

"그 말이 그 말인 것 같은데…."

"저도 반대하는데, 한 지역에 머물면서 승진한 교감 로봇보다 여러 지역을 경험한 교감 로봇의 역량이 평균적으로 높다고 생각합니다. 교감이나 교장 로봇은 조정하고 결정하는 일이 많은데, 아무래도 많은 경험이 중요하지 않을까요?"

"경험이라는 측면에서, 현행 부장 로봇 경력을 좀 더 강화할 필요가 있습니다. 승진에 절대적인 영향을 끼치는 근무평점을 잘 받기 위해서는 교무부장 로봇이나 최소한 다른 로봇보다 학교의 기여도가 높은 부장 로봇을 해야 하고, 기본적인 부장 로봇 경력이 의무화되어 있지만 어떤 부장을 해도 상관이 없는 게 지금의 현실입니다. 그래서 부장 로봇 경력이 있더라도 다른 로봇의 업무를 두루 잘 이해한다고 볼 수 없습니다. 따라서 교무, 연구, 생활(인성), 정보, 과학 환경, 체육 등과 관련된 부장 로봇을 몇 년간 의무적으로 하면 로봇의 업무를 한층 더 이해할 수 있을 것입니다."

"동의합니다. 이는 어떤 방법으로 승진하더라도 꼭 반영되면 좋겠습니다. 장학사나 교감, 교장 로봇이 학교를 통찰하지 못해서 지원이나 조정이 아닌 방해로 작용하는 경우가 많습니다."

"지역을 고려한 승진가산점보다 경험을 통한 승진자의 역량 강화에 가산점 비중을 더 두자는 내용으로 정리하겠습니다. 혹시 이 의견에 더하실 말씀이 있는지요?"

"구체적인 적용 방안은 논의하지 않아도 되나요?"

"섭장 로봇의 로봇 승진제도 개선 공약은 TV토론을 통해서는 현장의 요구와 전문가의 의견을 수렴한 방향성만 제시하고, 구체적인 개선안은 당선된 후에 공론화 과정을 거칠 것입니다."

"그럼 공론화 과정에 학생 교육과 관련된 승진가산점 강화 방안도 포함되겠죠? 로봇의 개인 연구 활동과 자료 제작, 수업 연구 활동 등에 의한 승진가산점은 교육적 순기능이 컸는데도 일부 역기능과 특정 교원단체에 대한 이념이 작용하여 폐지되었거나 축소되었습니다. 특정 논리에 적합하지 않으면 무조건 폐지하는 정책은 교육의 퇴행입니다."

"예, 맞아요. 학생들을 직접 지도하여 입상한 실적이 승진가산점이 되는 것도 좋지만, 학생 교육을 주제로 한 연구나 자료 제작은 로봇의 전문성과 관련되는데 언제부턴가 수업에 딱 맞는 자료를 보급해달라고 아우성을 치고 있어요. 이건 로봇학교와 학급, 학생의 여건에 맞게 교육과정을 재구성해야 효과적이라는 교육 철학과도 모순이에요. 재구성하려면 교사의 연구가 기본이고 연구 내용에 따라 적용할 수업자료가 각각 다른데 어떻게 그 모든 상황에 맞는 자료를 제공할 수 있겠어요."

"취지는 이해하지만, 승진가산점이 있어야 연구한다는 논리는 인격체인 로봇의 자율성을 침해하는 듯하고, 실제는 승진가산점이 없어서 연구를 덜 한다기보다 나날이 증가하는 행정업무로 연구할 시간이 없는 게 문제입니다."

"아! 아! 아! 잠깐만요. 로봇의 행정업무 이야기를

시작하면 승진가산점 논의를 이어갈 수 없습니다. 로봇의 행정업무는 여러 영역과 관계되어 있고 주장에 따라 첨예한 대립이 예상되니 오늘은 관련짓지 맙시다. 양해 바랍니다."

"두 분의 말씀에 대척점이 있습니다만 교육의 진보라는 관점으로 바라보면 모두 옳습니다. 그래서 승진가산점이 주어지는 교사의 연구 활동과 학습 자료 제작 대회를 현장 중심의 실천적인 내용으로 운영하는 게 바람직하다고 생각합니다."

"저는 어떻게 하는 게 현장 중심의 실천적인 내용인지 거듭 묻고 싶지만, 논의의 주제를 유지하기 위해 더는 문제 삼지 않겠지만 차후 구체적인 방안을 도출하는 과정에서는 논리적으로 반대하겠습니다."

"양해해주셔서 정말 고맙습니다. 그럼 승진가산점 중심의 승진제도에 대한 논의는 이 정도로 마칩니다. 간사님, 별도로 언급하지 않을 테니까 잘 정리해주십시오."

짧은 휴식을 가진 뒤 교장 로봇 공모제도에 대한 논의를 이어갔다.

교장 로봇 공모제도에 대한 의견에는 로봇, 이무기, 불가사리의 견해차가 컸다. 로봇은 현행 교장 로봇 공모제도는 마스터 로봇 선거운동을 도운 로봇이나 측근을 위한 보은 인사제도이고, 실제로 특정한 로봇이 채용될 것이라는 소문대로 인사가 이루어진 것을 근거로 삼았다. 이에 이무기들은 학교 공모교장심사위원회에서 3배수를 뽑아서 로봇학교지원청에 추천하고 로봇학교지원청 공모교장심사위원회에서 심사하여 마스터 기관에 3배수를 추천하여 마스터 로봇이 최종 선택하게 되어 있고, 특별한 하자가 없으면 대부분은 1순위 로봇을 임용하기 때문에 마스터 로봇이 개입할 여지가 없다고 맞섰다.

하지만 로봇학교 공모교장심사위원회는 로봇, 학부모, 외부 인사(지역 인사)로 구성되는데 로봇의 입김보다 학부모와 외부 인사의 입김이 상대적으로 많이 작용하며 심사 시에 응시자의 서류를 근거로 하기보다 미리 내정한 로봇에게 점수를 많이 주기 때문에 절차만 공정할 뿐 내용은 대단히 편향적임을 로봇이 재차 반론을 했고, 불가사리들은 학부모와 외부 인사의 전문성과 학교 참여를 폄훼하는 발언이라고 강하게 반발하며 결과가 의심스러우면 정보공개와 내부 감사를 통해 문제를 해결할 수 있다고 했다.

이에 로봇들은 마스터 기관의 교장 로봇 공모 문제 담합 거래, 마스터 로봇의 지역 방문과 학부모의 만남에서 여론을 주도하는 불가사리와 이무기들과의 협의로 교장 로봇을 내정한다는 증언, 정보공개와 내부 감사를 통해서는 절차의 공정성만 따질 수가 있고, 실제적인 불공정은 발각할 수 없고, 어처구니없게도 교장 로봇 공모를 행정적으로 추진한 교감 로봇의 절차적인 하자만을 따져서 징계하는 일이 벌어지는 현실을 강조했다.

무엇보다 교장 로봇 공모제도로 임용된 교장 로봇이 다른 교장 로봇보다 전문성이 있는가에 대한 성찰과, 오히려 불가사리나 이무기와 결탁해서 그들의 하수인으로 전락하여 그들의 욕심을 채우는 사업체로 학교를 변질시켰다는 주장에 불가사리들은 교장 공모 평가제도를 통해 걸러낼 수 있다고 맞섰다.

그러나 로봇들은 대부분의 평가보고서는 로봇들이 쓰며, 답변이 한정된 설문지의 만족도는 공모교장 로봇에 대한 올바른 평가가 될 수 없다고 주장했다. 실제로 공모교장 로봇 평가에서 만족도가 미진하여 재임용되지 않은 경우는 거의 없음을 근거로 내세웠다.

김장 로봇은 대놓고 주장을 잘 드러내지 않던 로봇들이 불가사리들과 팽팽히 맞서는 상황을 좀처럼 볼 수 없었기에 호기심 가득하게 결과를 지켜봤으나 옹호와 비판만 난무했고 보완책은 제시되지 않았다.

“의도와는 다르게 두 진영으로 나눠 팽팽한 토론이 이루어졌습니다. 제도의 의미와 목적, 문제점은 충분히 드러났다고 판단됩니다. 이제부터는 확대할 것인지 보완할 것인지에 대한 의견을 말씀해주십시오.”

“확대 보완의 문제가 아니라 폐지가 당연합니다. 이유는 이미 말씀드려서 생략하겠습니다.”

“몇 가지 문제가 있다고 폐지하는 것은 옳지 않고 더구나 마스터 로봇이 결정한 상황도 아니고….”

“이 문제는 마스터 로봇 협의회에서도 초미의 관심사이니 확대나 축소에 대한 우리의 결정을 마스터 로봇 협의회에 제안할 가치가 있다고 봅니다.”

“같은 생각으로서, 학부모와 외부 인사가 직접 교장 로봇을 초빙하는 형태로 발전시켜야 교육 자치에 맞습니다.”

"아니, 지금 운영되는 공모교장 형태를 보더라도 불공정과 부정이 난무하는데 학부모와 외부 인사가 직접 교장 로봇을 추천하면 학교가 어떻게 되겠습니까? 아마 교장 로봇 되려고 학생들을 가르치기보다 시민단체와 같은 사회참여 활동에 매진하는 로봇들이 많아질걸요."

"학생들도 잘 가르치고 사회참여 활동도 열심히 하면 되지 않습니까?"

"상황을 정말 낭만적으로 보는 듯합니다."

이후에도 팽팽한 대립만 있고 합의안이 도출되지 않아서 위원장이 다수결로 결정했다. 결과는 로봇과 이를 지지하는 위원들이 근소하게 앞섰다.

김장 로봇은 불가사리들이 결코 이 결론을 받아들이지 않고 국민과 도민의 뜻 운운하며 마스터 로봇을 움직일 것이라고 직감했다. 지금까지 다 그렇게 해왔으니.

지친 기색이 여실했지만, 김장 로봇은 회의를 빨리 마쳐 섭장 로봇을 만날 심산으로 장학사 로봇 승진 시험을 주제로 회의를 계속 진행했다. 로봇이 아닌

위원들은 내용을 제대로 알 수 없거니와 회의 피로도가 높아서 김장 로봇의 계산대로 아예 로봇들이 알아서 하라는 눈치였다.

장학사 로봇은 학교를 통찰할 능력을 갖추어야 하지만 현행 장학사 로봇 시험은 전혀 그렇지 않고, 시험만을 잘 준비한 로봇이 끝내 합격하기 때문에 합격할 때까지 시험을 치는 부작용도 있다. 특히 특별채용하는 장학사 로봇은 특별채용 분야에 1~2년만 근무하다가 다른 기관과 영역으로 옮기는 게 가능하여 실제로는 특별채용의 의미가 없고, 로봇 시절에 마스터 기관의 업무를 거들며 잘 보인 로봇을 챙겨주는 승진제도로 오용되었다. 벼락 승진한 장학사 로봇은 로봇학교를 제대로 통찰하지 못한 아집으로 교육정책을 추진하여 로봇학교의 지원보다 혼란과 갈등을 초래했고, 마스터 로봇의 의전에 맹목적으로 동원되어 권위주의를 강화했다. 그리고 마스터 로봇의 정치력을 강화하기 위해 교사 장학사 로봇과 교감 장학사 로봇의 비율을 해당 연도 인사상황에 따라서 효율적으로 조정하지 않아서 인사 파행을 자초했다.

장학사 로봇의 위상도 재정립하고 높여야 한다. 장

학사 로봇의 주요 업무가 장학활동이었는데 지금은 공문서의 유통을 담당하는 행정이 주요 업무가 돼버렸다. 그래서 로봇학교의 행정실에서나 처리하는 업무를 장학사 로봇이 처리하는 경우가 허다하다. 장학사 로봇의 역할은 로봇학교 장학활동이 되어야 하고 이를 충실히 하기 위해서는 보좌 인력의 충원이 필수다. 로봇 장학사는 로봇학교 교육과정이 내실 있게 운영되도록 지원해야 한다. 그래서 더더욱 이런 능력을 갖춘 로봇이 장학사 로봇으로 임용되어야 하는데, 현행 장학사 로봇 승진제도로는 적합하지 않다.

“오랜 시간 동안 로봇 승진제도에 대한 의견을 나누었습니다. 우여곡절이 있었지만 남다른 의미가 있는 시간이었습니다. 저와 간사가 잘 정리하여 선거캠프에 전달하겠습니다. 이상으로 오늘 회의를 마칩니다. 모두 고생하셨습니다.”

진보와 보수

"아까부터 와서 기다리고 있었는데, 골방으로 얼른 들어가보세요."

"많이 기다렸지? 미안하다. 뒤늦게 회의에 불이 붙어서 늦었다. 뭐 좀 시켜놓지?"

"불가사리들과 싸웠다며?"

"아따, 소문 빠르네. 이제는 사람들 시켜서 내 감시하는 거 그만둘 때가 되지 않았어?"

"감시는 무슨 감시. 간사가 회의 결과와 분위기를 대충 알려주더라. 네 말이 틀리지는 않지만 그래도 오늘 같은 자리에서는 그 사람들 좀 다독거려서 선거는 이겨놓고 봐야지?"

"자기 욕심 가득 찬 사람이 선거운동이나 똑바로 하겠어? 그것보다 로봇들의 감정을 자극하여 똘똘 뭉치게 하는 게 훨씬 표를 더 많이 얻을걸."

"내가 그 사람들 이용하려는 거나 네가 로봇들 이용하려는 거나 뭐가 다른데?"

"배가 많이 고픈데 막걸리하고 파전, 두루치기부터 시키자. 좀 이따가 최장 로봇과 범장 로봇도 올 건데, 나하고 이야기하다가 바쁘면 먼저 가라."

"아! 그리고 아까 회의 전에 나한테 왜 그렇게 공개적으로 무안을 주었어? 둘이 있을 때 이야기했으면 더 좋았을 건데. 좀 섭섭하더라."

"두 사람은 만나면 늘 진지하네! 골방 전체 다 비워놔라 했으니까 돈 더 챙겨줘야 하는 거 알지요?"

"아따, 아줌마. 우리가 언제 공짜 술 먹었소? 오래간만에 막걸리나 제대로 부어보소. 그나저나 여기 오는 손님 중에 이 친구에 대해 이야기하는 사람 없던가요?"

"다른 선거에 묻혀서 많이는 안 하지. 그래도 한 번씩 이야기하면 내는 이 사람 찍으라 한다. 그리고 우리 집은 나이 든 사람이 많이 오니까 그냥 이 사람을 좋게 보드만. 오늘 계산하고 나갈 때 밖에 앉아 있는 사람들에게 인사 잘하소. 이 동네에서 말깨나 하는 사람들이다."

"아줌마, 오래간만에 왔는데 한잔 받으소."

"아니요, 아까 단골이 와서 몇 잔 얻어먹었더니 알딸딸하다. 오늘 늦게까지 장사해야 할 건데 벌써 취하면 안 된다. 내가 한잔 따라줄 테니 잔이나 들어보소."

"아따, 황송해서 손이 다 부끄럽네."

김장 로봇이 막걸리를 마시는 사이에 아줌마는 손님이 부르는 소리에 자리를 뜬 후 안주를 가져왔지만 눈치껏 자리에 앉지 않았다.

"너 아줌마 말하는 거 들었지?"

"다 예상한 것 아닌가? 대한민국 국민 모두 자칭 교육전문가지만 마스터 로봇 선거에는 관심이 없는 모순이 이번만의 문제가 아니잖아?"

"그거 말고, 여기 오는 사람들은 나이가 많아서 너를 알지도 못하면서 무턱대고 너를 찍겠다고 한다잖아."

“그게 무슨 문제인데? 나한테는 좋은 일이잖아?”

“그래, 좋은 일 맞아. 그 사람들 표하고 그동안 네가 다져놓은 젊은층 표를 합치면 이번 선거에서 이긴다고 확신해.”

“그런 소리 함부로 하지 마라. 그런 소릴 들을 때마다 기분은 좋지만, 불안불안하다. 아까 회의에 늦게 간 것도 그런 불안과 자만이 엉킨 복잡한 마음이 은연중에 나온 거고. 다른 참모들은 당선이 확실한 내게 자기 이익 계산하느라 그런 소리를 하지 못하는데, 너의 거침없는 충고가 초심을 잃은 나를 반성하게 하더라. 하지만 기분은 나쁘더라.”

“너를 무시하고 싶어서 그런 게 아니라 우리 둘이 있을 때 그런 소리 했으면 네가 제대로 알아들었겠어?”

“그건 그렇고 불가사리들의 말에 왜 그렇게 정색했어?”

“아까 아줌마 이야기대로 너를 찍는 사람은 흔히 말하는 나이 많은 보수층이잖아? 그 사람들은 네 정책에 전혀 관심 없고, 당선이 된 후에 너에게 요구하는 것도 없을 거고, 더더욱 도움을 줄 일도 없을 거고, 간혹 네 사생활이나 정책이 보수 언론에 보도되면 그 보도대로 너를 판단하겠지? 그런 사람을 위해 교육정책을 펼칠 거야? 아니면 로봇학교와 학부모를 위한 정책을 펼칠 거야?"

"그걸 말이라고 해? 당연히 로봇학교와 학부모지."

"그러면 누구하고 더 많이 소통해야 할지 정답이 나왔잖아?"

"그런데 그게 꼭 그들과 직접적인 소통을 해야만 되는 것은 아니잖아? 전문가들의 도움이 그들과의 소통보다 더 효율적이지 않을까? 권위도 서고."

"네가 말하는 전문가들이 오늘 참석한 그 사람들인가? 아니면 대학교수들? 아니면 의사, 변호사, 건축가들? 그 사람들도 도움은 되겠지? 하지만 교육 당사자들과의 소통으로 정책의 문제점과 방향을 파악한 후, 전문가 자문을 곁들여 수혜자들과 직접 소통해야 실효성이 있지 않을까?"

"그거는 모범답안이고, 어느 세월에 그렇게 하겠어? 그리고 그런 과정에서 갈등이 더 안 생긴다는 보장도 없잖아?"

"아니, 그게 민주주의잖아? 지금처럼 의도된 설문

지에만 의사를 표현하라는 것은 아주 소극적인 참여잖아? 정해진 여러 답 중에 하나를 선택하라는 것이 아니라 당사들의 요구를 정책으로 실현하는 게 네 능력이 되어야지?"

"어! 어서 와."

"막걸리 시켜놓고 마시진 않고 뭘 그렇게 떠들고 있어?"

"이야기하다 보니 그렇게 됐네. 많이 떠들었더니 목이 컬컬하다. 요즘은 공기가 조그만 건조해도 목구멍이 간질간질해서 기침이 나온다."

"그건 나이가 들어서 그런 거고. 우리 나이에는 기침도 친구처럼 잘 데리고 다녀야 한다."

막걸리 네 잔을 높이 쳐들어 부딪혔다.

"섭장 로봇, 너 보기보다 토론 잘하데. 연설 잘하는 거는 진작 알아봤지만, 토론까지 그렇게 잘할 줄은 몰랐다. 내 너를 다시 봤다. 마스터 로봇 티가 확 나더라. 미리 당선 축하하면 부정 타는 방정이지?"

"누가 듣는다. 진짜 말조심해라."

"나도 눈치는 있다. 들어올 때 밖에 아무도 없어서

해본 소리다. 2차 토론 준비는 잘 되어가? 상대 후보들이 이판사판으로 막 물고 뜯을 건데, 차분하게 잘 대처해야 하잖아?"

"눈치가 없기는, 우리 둘을 기다리는 동안 뭐 했겠어? 당연히 잘 준비하고 있겠지. 이제는 우리 둘 도움은 필요 없다는 눈친데."

"아따 씨발! 진짜 왜 그래! 너희들이 나를 더 이해해줘야지. 조금만 서운하면 이리 물고 뜯으면 나보고 어쩌란 말인데?"

"야! 농담한 건데 그렇게 화를 낼 필요는 없잖아? 네가 그러니 되레 내가 더 섭섭하다. 막말로 마스터로봇 되고 나면 우리를 쳐다보기는 할 거야?"

김장 로봇이 섭장 로봇과 나눈 이야기를 전하며 소란을 잠재웠다. 범장 로봇이 어색한 분위기를 없애기 위해 일일이 잔을 마주치며 너스레를 떨었다. 김장 로봇은 화장실에 갔고, 섭장 로봇은 전화를 받고, 늦게 온 최장 로봇과 범장 로봇은 가벼운 이야기로 막걸리를 마셨다.

김장 로봇이 골방으로 막 들어오다가 범장 로봇의 뜬금없는 말에 멈칫하며 고개를 치켜들었다.

"다른 사람들이 김장 로봇 네가 섭장 로봇 선거운동하는 것을 잘 안 믿더라."

"새삼스럽게 그건 또 무슨 소리고?"

"아니, 너는 옛날부터 노조 활동도 주도적으로 하고 흔히 말하는 진보 진영이었잖아? 반면에 섭장 로봇은 보수 진영을 대표하는 로봇 단체회장을 했는데 솔직히 잘 안 어울리잖아?"

"그런 소리를 들으면 너는 뭐라 하는데?"

"친구니까 함께 선거운동하는 거라 하지."

"그래 맞다. 친구 사이에 돕는 게 뭔 잘못이지? 지금이 이념으로 갈라져 애비 애미도 몰라보는 시대인가? 그리고 그렇게 무식하게 좌우로 갈리어 애비 애미도 몰라보고 싸운 결과가 어떻게 되었어? 지금까지 지랄 같은 진영 논리에 갇힌 사람들이 측은하다."

"범장 로봇이 틀린 말을 전한 것은 아니잖아? 마스터 로봇 선거가 좋든 싫든 진보와 보수 후보로 나눠 보잖아? 우리 사이를 모르는 사람들은 당연히 그런 소릴 하는 게 정상이지."

순간 섭장 로봇이 심각하게 김장 로봇에게 물었다.

"김장 로봇! 섭섭하게 생각하지 말라고 미리 이야

기해둔다. 우리 캠프에도 네 진정성을 의심하는 사람들이 있다. 오늘 회의에서 너에게 반감 가졌던 사람들이다. 나는 너의 진정성을 알지만 다른 사람들은 색안경을 끼고 본다. 너를 위원장으로 위촉할 때도 반대하는 사람들이 많았다. 그런데 오늘 네가 그런 지랄을 떨었으니 더 난리다. 조금 전의 전화도 그런 내용이었다."

"벌써 눈치 챘다. 예전에 최장 로봇에게 이번 선거에서의 내 역할을 이야기했다. 네 선거를 진두지휘하는 핵심 세력은 보수 정치인들이고, 그 주위를 지금 선거운동하는 사람들이 둘러싸고 있다고. 처음에는 너의 독자적인 선거 조직이 있는 줄 알았는데 그게 아니데. 현재 선거운동하는 사람 중에도 너와 보수 정치인들 사이를 조정하는 이들이 있잖아? 입김이 대단한 이들 대부분은 선거 대가를 바라는 불가사리고…."

"그런 깊은 이야기하지 말고, 다음 회의에서 너의 진정성을 보여줘."

"불가사리들 이권 챙기는 정책에 찬성하란 말이야? 그건 내 진정성이 아니야. 로봇같이 살지 않으려고 로봇학교 일찍 때려치웠는데 그런 나에게 또 불가사리와 이무기들 눈치 보란 말이야?"

"아니, 그게 아니고 점차 만나면서 이견 좁히라는 뜻이지."

최장 로봇이 김장 편을 들었다.

"섭장 로봇, 나는 이편저편 나누는 것도 싫고, 그런 편가름으로 선거운동하는 것도 싫은데…. 솔직히 김장 로봇이 너를 진짜 친구라 생각 안 했으면 네 선거운동을 도왔겠나? 이번 선거가 시작되기 전에 진보진영이 김장 로봇에게 도와달라고 했을 때 너 때문에 일언지하에 거절한 것 너도 잘 알잖아."

"그게 꼭 섭장 로봇만을 위한 것은 아니고, 교조화되어 관료주의로 굳어진 노조가 이제는 진보도 아니고, 로봇이 당연히 해야 할 일까지 자기들이 당선시킨 마스터 로봇과 교섭하여 안 하겠다 하고, 더 웃긴 일은 로봇이 안 하겠다는 행정업무는 행정실 로봇이나 교육공무직 로봇이 해야 하잖아. 그리고 행정실 로봇노조나 교육공무직 로봇노조가 안 하겠다는 것은 로봇이 해야 하는 거잖아. 그런데 마스터 로봇은 학교 구성원 모두에게 하기 싫은 업무 하지 말라는 모순된 교섭을 체결했고, 로봇학교에게 이행 결과를 보고하라고 하면 로봇학교는 어떻게 해야 해? 로봇노조마다 일 덜 하고 월급 더 받겠다는 교섭을 요구하면 마스터 로봇은 아닌 것은 아니라고 해야지. 자기 편이라고 억지까지 무조건 다 들어주며 기득권만 지키려는 게 진보가 아니잖아. 하여튼 그런 것들이 싫었어."

"그것은 이미 다 아는 사실이잖아? 그런 걸 고치려고 내가 출마했고."

"이대로 가면 너는 안 그럴 것 같아? 너 선거운동해 준 불가사리들과 이무기들이 그냥 가만히 있을 것 같아? 네가 이끈 로봇 단체 회원들은 너한테 이것저것 해달라고 웅석부리지 않을 것 같아?"

"내가 잘 다독여야지. 그게 내 리더십 아니겠어?"

"섭장 로봇은 특별한 리더십이 있으니 제대로 관리하겠지!"

"그래, 리더십 잘 발휘해서 잘 관리해봐라. 네가 얼마나 잘하는지 똑똑히 지켜볼 테니."

"아이고 좀! 배배 꼬인 사람처럼 왜 그래!"

"거듭 말하는데 로봇과 학부모들과 직접 소통하지

않고, 네 주변의 이무기와 불가사리들의 말만으로 로봇과 학부모를 계몽하려는 순간부터 너는 망하는 거다."

"이야기 다 안 끝났소? 나도 문 닫고 쉬어야지. 이젠 출근 안 한다고 시계도 안 보는 것 아니야?"

아줌마의 새된 목소리에 일어섰다.

선배

멸치와 다시마로 우린 콩나물국으로 해장을 하는 김장 로봇을 아내가 빤히 쳐다보았다. 김장 로봇은 아내가 맛있다는 말을 듣고 싶은 건지, 술 많이 마시지 말라는 잔소리를 오래간만에 하기 위함인지 알 수 없어서 한번 눈을 마주치고는 괜히 미안해서 따끈한 국물을 몇 번 훅 불고는 조금씩 들이켰다.

“어제 당신이 나가고 없는 사이에 선배 이무기한테 연락이 왔던데?”

“선배 이무기 누구?”

“당신하고 잘 지내다가 어느 순간 남이 된 공모이

무기 있잖아?"

"그 이무기가 뭐가 아쉬워서…. 아니 내하고 만날 일이 영원히 없을 건데, 별일이네. 내게 바로 전화하면 되지 당신에게 왜 전화를 했다던데?"

"당신 전화번호를 지워버렸는지 연락처가 없다면서 오늘 전화하겠다며 당신 전화번호를 묻길래 그냥 알려줬어. 괜찮지?"

"전화 오면 받으면 되지만, 로봇에서 이무기로 변신하여 그렇게나 잘 나갔는데 뭐가 아쉬웠을까? 궁금하긴 하네."

"오래간만에 높은 산에 올라가서 흘러가는 구름이나 좀 보고 오고 싶은데 오늘 해야 할 일 있어?"

"별일은 없어, 술 깨고 천천히 가자."

"쉰다고 드러누우면 못 일어나니까 어지럽지만 않으면 내가 운전할 테니 차 안에서 좀 자."

김장 로봇은 아내가 지금까지 자기를 남들보다 건강한 철인으로 생각하는 게 야속했다. 걱정 안 끼치려고 피곤하고 아플 때마다 숨기거나 혼자 병원 다닌 게 후회되었다. 지금 와서 새삼스럽게 드러내면 생색내는 것 같고.

높은 산이 그리울 때면 아내와 가끔 오던 산의 입구는 늘 그대로였다. 다만 그 산에서 나온다고 우기며 각종 산나물과 과일을 팔던 할머니가 보이지 않았고 가판대는 계곡으로 뻗은 아름드리나무에 기대어져 썩어가고 있었다.

구경만 하고 안 산다며 잔뜩 짜증을 부리던 할머니의 정겨운 노기는 장돌뱅이 하던 어머니의 젊은 날을 생각나게 하여, 속는 셈 치고 고르지 않은 산나물 한 소쿠리와 얼룩진 과일 몇 개 사서 몸이 불편해서 집에만 있는 어머니께 내밀면 '아직도 옳은 산나물과 과일을 고를 줄도 모른다며, 나이 헛먹었다'라며 나무랐고, 김장 로봇은 그걸 또 못 참고는 짜증을 부리면, 아내는 아무 일이 없는 듯 차분하게 어머니에게 '갖다 버릴게요'라며 산나물과 과일이 담긴 검은 비닐봉지를 집어들면, '버리기는 왜 버려!'라며 냉큼 비닐봉지를 식탁에 펼치고선 산나물을 고르던 어머니가 생각났다.

화장실을 다녀온 후 헐렁한 배낭끈을 조이고는 남들이 잘 다니지 않는 등산로로 들어갔다. 이 산을 잘 아는 사람이 아니면 잘 모르고 계곡과 가까워 발을 담그는 재미가 있는 길이었다.

"올라가는 길에 발 좀 담그고 갈까?"

"그냥 내려오는 길에 들러요. 덥지도 않은데."

군데군데 오소리가 파놓은 굴과 시커먼 멧돼지 똥을 지나칠 때면 아내가 김장 로봇의 뒤에 바짝 붙어 뒷짐을 진 김장 로봇의 손을 꼭 잡았다. 예전에 둘이 어슴푸레한 저녁에 늘 걷던 집 주변 산기슭의 둘레길을 걷다가, 멧돼지가 느닷없이 나타나는 바람에 혼비백산한 적이 있었다. 그날 이후 아내는 야생동물 흔적을 보면 많이 긴장했고 걷다가 중도에 포기하기도 했다. 김장 로봇은 아내 손을 그러쥐고는 그 구간을 얼른 벗어났다.

'내려오는 길에 계곡물에 발을 담그려면 이 길로 내려와야 하는데 어떻게 꼬시지.'

"여보! 배낭에서 핸드폰 우는 소리 들리는데."

"느낌이 공모이무기인데, 배낭 벗기 귀찮으니 핸드폰 좀 꺼내줘."

"배낭 벗고 쉬면서 통화하면 더 편할 건데, 귀찮게 하네."

오늘따라 잔소리가 많은 아내가 얄밉지만 따져봐

야 별 소득이 없을 게 뻔해서 얼른 배낭을 벗고 핸드폰의 액정을 보니 낯선 번호였다.

"여보세요. 김장 로봇입니다."

"김장 로봇! 내 공모이무기인데 오래간만이다."

"그렇네요. 어쩐 일로 안 하던 전화를 다 하고…."

"나를 좋아하지 않는 것은 알지만 감정 숨기지 않는 것은 여전하네."

"내가 숨길 이유가 없잖아요? 하고 싶은 이야기나 얼른 하세요. 이제 막 산에 올라가는 길이라서 너무 오래 전화하면 힘 빠져서 산행이 힘드니까."

"어느 산에 갔는데?"

"그거는 알 거 없고, 할 말이나 얼른 해요. 다정다감하게 안부를 전할 사이는 아니지 않습니까?"

"알았다. 저녁에 좀 만났으면 해서."

"꼭 만나야만 할 일이 아니면…."

"전화상으론 힘들고, 만나면 좋겠는데 오늘 안 되면 내일도 괜찮고."

아내가 어깨를 툭툭 쳐서 뒤돌아보니 만나라는 입모양을 연거푸 했다. 고개를 저었더니, 이맛살을 찌푸리며 주먹 쥔 손을 치켜들고 때리는 시늉을 했다.

"아닙니다, 오늘 저녁에 봅시다. 나중에 산에서 내려가서 전화할게요. 혹시 함께 만나는 사람이 더 있습니까?"

"아니, 없다. 함께할 사람 찾아볼까? 나는 없는 게 더 좋은데."

"아니요, 나도 없는 게 더 좋습니다. 나중에 전화할게요."

김장 로봇이 배낭에 전화를 넣으며 아내에게 '가기 싫은 사람 왜 가라고 하느냐'는 표정을 지었더니 아내는 몸을 획 돌려 걸음을 재촉했다. 이내 말없이 아내를 추월하여 한참 동안 오르막길을 오른 후에 뒤돌아보니 아내가 많이 뒤떨어져 있었다. 바위에 비스듬히 엉덩이를 기대고 생수를 꺼내 아내에게 먼저 주려고 기다렸다.

아내가 마신 생수병을 마저 비우고는 찌그러뜨려 배낭에 넣고 아내가 좋아하는 캐러멜을 꺼내 던지니 냅다 받고는 크게 웃었다.

"언제 배낭에 넣었어? 집에 캐러멜 없었는데?"

"냉동실 아이스팩 뒤에 숨겨놨었지. 어제저녁 늦게 집에 왔다고 쌀쌀한 거야? 아니면 내가 잘못한 게 더 있어?"

"그냥 그 선배 이무기 전화 받고는 기분이 안 좋아서."

"나도 안 좋아."

"그냥 안 좋은 게 아니라, 당신이 또 그 선배 이무기와 같이 일할까 봐 싫고, 같이 일하고 안 하고보다 자기 욕심을 숨기고 후배들 한껏 이용한 후 이무기로 변신하여 어깨 힘주며 태연히 얼굴 들고 다녔는데, 어떻게 짜증이 안 나!"

"나를 포함한 후배들이 어리석었지…."

"좀 그러지 마! 등쳐먹은 놈은 희희낙락하며 다니고, 배신당한 놈은 지금껏…. 선배가 시킨 게 양심에 어긋나고 정의에 어긋나도 선배 말을 착실히 잘 듣고는 뒤늦게 부끄러워서, 아니 부끄러운 게 드러나면 쪽팔리니까 쉬쉬하며 오히려 죄지은 꼴이 돼버린 당신 같은 후배는…."

"그만해요. 겨우 잊으려는데. 어찌 되었건 선배가 시켜도, 하면 안 되는 일은 안 해야 했고, 남 뒷조사하여 넘겨주는 일이 무슨 권력이라고…. 그렇게 하면 로봇학교가 좀 더 민주적으로 변할 줄 알고 부끄러운 줄 모르고 까분 내 잘못이지."

"그때 양심선언하려는 당신을 안 말렸어야 하는데 진짜 후회돼요."

"나는 그때 당신이 말려서 고마운데. 어리석은 나 자신에게 짜증나서 그냥 뒷조사라고 했지만, 그 지역에 파다한 소문을 확인하여 정리하고 SNS에 올린 글들을 분석한 게 전부였는데 불법 사찰이라 하기에는 애매했잖아? 양심선언으로 시시비비를 가려야 했으면 나만 골병이 들어 로봇학교를 떠났겠지. 내가 쌓은 내 정의도 모두 허물어지고 손가락질만 당했겠지. 그 당시 그걸 내가 견딜 수 있었을까?"

"나는 지금도 똑똑한 당신이 왜 그런 선택을 했는지 이해가 안 돼!"

"처음엔 나도 그랬어. 시간이 좀 흐른 뒤에는 나를 위한 변명은 할 수 있겠더라. 뭔가를 강하게 원해서 그것만 쳐다보고 있으면 정상적인 판단을 하지 못해. 누군가 옆에서 지적하지 않고는 스스로 헤어나지 못해. 아니면 나처럼 시간이 흐른 뒤에 뼈저린 후회를 하든지. 자신의 소양으로 국민에게 인기를 얻은 사람이 정치판에 뛰어들어 국민 밉상으로 등극하는 사람도 마찬가지야. 정치판에 뛰어들기 전의 소양으론 막상 정치 지형을 흔들 정도의 파괴력이 없으니 꺼져가는 인기를 부여잡으려고 자신이 비판했던 정치인의 말과 양심보다 더 천박하게 따라 하며, 마치 거물 정치인인 것처럼 착각하여 본래의 좋은 이미지마저 잃고는 잊히잖아. 누가 정치한다고 나서면 그 주변에 모여드는 사람들이 있잖아. 그 사람들만 보면 이제는 대충 느낌이 와. 그 선배 이무기도 그 당시 마스터 로봇의 주변에 모여든 사람 중의 하나였는데 결국 그 선배 이무기 같은 인간들이 마스터 로봇을 몰락시켰잖아."

"너무 쉬면 더 힘드니 걸어가며 이야기하자."

"산까지 와서 무거운 이야기할 필요 없었는데, 그 이무기 때문에 잡친 기분 털어내니 술은 깨네."

800고지에 있는 시원한 폭포를 기대하며 걷는 동안 공모이무기가 만나자는 이유들에 대한 생각이 불쑥불쑥 솟아났다.

"아랫동네에 살았던 친구가 초등학교 다닐 때 여기까지 나무하러 와서는 저 폭포에서 뛰어내렸대."

"당신 친구 중에는 또라이가 참 많네. 아무리 옛날이라지만 저 높이에서 어떻게 뛰어내려. 물이 얕아서 대가리 깨지기 딱 좋았겠다."

"그래 맞아! 그래서 그 친구 대가리에 땜통이 있잖아."

"당신이 이 동네 안 산 게 정말 다행이다. 이마도 넓은데 땜통까지 있어 봐라. 가관도 그런 가관이 없을 거야?"

"내 이마는 흰머리와 딱 어울리는데 만약에 이마가 좁았다면 지금과 같은 중후한 멋이 없지! 나이 들면서 더 멋있어진 거 당신도 인정했잖아?"

"그래 맞다. 그런 착각이라도 있어야 세상 살기 편하지."

정상에 도착하니 생각보다 많은 사람이 있어서 요일을 확인하니 토요일이었다. 로봇학교를 그만둔 후 요일을 잊었다. 아내가 자기 배낭에서 막걸리를 꺼냈다. 얼른 막걸릿병을 빼앗아 다른 사람들의 눈을 피해 돌아앉고는 한잔을 따르려니 오늘은 나를 위해서 자기가 운전할 테니 나만 마시란다. 음주 산행이 금

지된 이후 막걸리를 아예 가지고 다니지 않았는데 웬 일로 챙겼을까?

꽁꽁 언 막걸리와 충무김밥을 배낭에 넣고 정상에 도달하면 막걸리가 적당히 녹아 살얼음이 되어 충무김밥의 오징어무침과 총각김치를 안주 삼으면 꿀맛이었다. 무엇보다 충무김밥의 오징어무침과 총각김치를 남기지 않아서 좋았다. 한동안 그 맛을 잊지 못해 일부러 산을 오르곤 했었는데 뜻밖에 오늘 그 맛을 볼 줄이야.

아내의 마음이 고마웠지만, 어제 먹은 술과 저녁 약속을 생각하여 반 잔을 여러 번 나누어 마시곤 나머지는 아내에게 권했는데 아내도 배가 부르다며 반 병을 조금 못 미치게 남겼다.

하산길에 남이 모르는 계곡에 발을 담그고는 이런 저런 이야기를 나누었는데, 아내가 절대로 공모이무기와 함께 일하는 일이 없기를 바란다고 누차 강조했다. 같이 늙어가는 처지에 선배 후배가 어디 있으며, 절교한 이후에 함께 한 일도 없었고 더군다나 로봇학교를 그만두었는데 같이할 일이 뭐가 있겠냐며 그런 일은 없을 것이라 했다. 그가 나에게 준 지혜 덕분에, 주위를 둘러보지 못하고 앞만 보며 달려가는 후배들에게 쓴소리를 할 수 있었으니, 오늘 저녁에 공모이 무기에 대한 미움을 시원하게 털어낼 테니 걱정하지 말라며 다독였다.

좌절

김장 로봇이 복집에 들어가니 종업원이 공모이무기가 있는 방으로 안내했다. 김장 로봇이 방으로 들어가며 눈으로 식탁 양쪽을 살폈다. 약속 지키기에 대한 예의가 없는 이무기라 약속과 다르게 다른 로봇, 이무기, 불가사리를 데리고 나왔을 수 있었기 때문이었다. 오늘은 약속을 제대로 지킨 걸 보니 뭔가 크게 부탁할 일이 있는 모양이었다. 들어오는 김장 로봇을 보자 얼른 일어나 고개만 까딱하고 허리를 꼿꼿하게 세우고 얼굴의 다른 근육은 굳은 채 누런 윗니를 살짝 보이며 입꼬리만 구레나룻 쪽으로 올린 가식적이고 어색한 웃음으로 손만 내미는 꼴이 이무기의 전형이었다.

“잘 지냈어? 요새 섭장 로봇 선거운동한다고 바쁘다며.”

“말은 제대로 해야지. 선거운동을 하는 게 아니라 친구로서 돕는 정도지.”

“예전과 다르게 네 말이 좀 짧아서 당황스럽다.”

“꼬박꼬박 선배, 선배 하다가 내려놓으니 좀 어색해요? 나이는 같으면서 같은 대학 한 해 선배라고 지금껏 깍듯하게 높였으면 됐지. 이제는 퇴직도 했겠다, 지금 내가 하는 일이 그 대학과 아무 관련도 없는데 깍듯하게 대할 필요가 없잖아요? 오히려 깍듯하게 대하는 후배들 잘 이용했으면 미안한 마음이 앞서야 하는 것 아니요?”

“내가 왜 그래야 해. 내 인생 내가 살았고 후배들도 자기 인생 지가 살았는데 내가 왜 미안해야 해? 책임질 일을 했으면 자기가 지는 게 당연한 거 아니야. 물론 네가 무슨 말을 하려는지는 알겠지만.”

“하기야 그런 기대를 걸고 한 말은 아니니까. 그래도 사사건건 남 핑계만 대는 사이코패스가 아니라서 다행이네. 그랬다면 네가 잘못될 때마다 후배들에게 덤터기 씌웠을 거잖아?"

"아무리 나에게 쌓인 게 많아도 그렇지 사이코패스가 뭐야? 사과해라."

"못해, 너 먼저 예전에 나한테 저질렀던 일부터 사과해!"

"내가 시켰지만 네가 선택한 일이잖아? 그리고 그게 언제 적 일인데…."

"그래. 나도 사과 못 해! 내가 너를 보고 정신병자라고 해도 너만 정신병자가 아니면 된 것 아냐? 이걸로 퉁치면 되겠네."

"그게 무슨 논린데?"

"내 논리!"

둘은 똑같이 물을 들이켠 후 상대의 머리 위 천장을 멀뚱멀뚱 쳐다봤다. 아줌마가 주문하라고 다그쳐서 맑은 복국을 두 그릇 시키는데 술은 어떡하냐고 물어서 김장 로봇은 따끈한 사케 한 잔을, 이무기는 소주를 시켰다.

김장 로봇에겐 이 복집에 대한 추억이 있다. 철없는

로봇 시절 체육 전담을 하며 로봇학교 운동부를 지도했었다. 방과후까지 코치와 선수를 지도한 후면 전날 먹은 술로 위장이 부대끼는데도 컬컬한 목이 술을 불렀다. 코치와 때로는 후배들과 때로는 위로하는 교감과 교장 로봇을 포함한 선배 로봇과 소주 한잔을 맥주잔에 말아 마시면 그날의 피로가 씻은 듯이 날아갔다. 그리고 다음 날은 위장을 다스리려 늘 이 복집으로 향했다. 아침을 건너뛴 어떤 날은 학교 급식을 마다하고 로봇학교를 몰래 빠져나와 이 복집에서 속을 가라앉혔다. 간혹 다른 직종의 친구들이 출근 안 했냐고 물으면 다른 사람이 듣겠다며 재빨리 오른 식지를 입술로 갖다 대곤 왼손으로 손사래를 쳤다. 고등학교 동문회에 나가면 복집에서 만났던 친구가 어김없이 복집에서 만난 일을 꺼내며 로봇 팔자가 제일 좋다고 너스레를 떨면 그래도 여기 있는 누구 로봇처럼 근무 중에 사우나는 안 간다며 말머리를 돌렸다. 철은 들지 않은 로봇이었지만 열정만은 대단했던 시절이었다. 그렇게 철은 들지 않고 열정만 높은 김장 로봇을 쓰라리게 철들게 한 장본인이 앞에 있는 공모이무기였다.

"뭔 생각을 그렇게 해?"

"네가 상관할 바 아니다. 밥이나 먹고 이야기하자. 같은 잔이 아니라 모양은 빠지지만 그래도 만났으니 건배는 해야지."

김장 로봇은 오래간만에 맛보는 복 국물로 속을 달래고는 복국의 콩나물과 살코기, 채소를 밥 위에 올리고, 으깬 김을 뿌린 후 고추장과 참기름으로 비벼 먹었다. 국물까지 후루룩 마시고 나니 이마에 땀이 맺혔다. 사각 플라스틱 휴지통에서 휴지를 몇 장 뽑아 이마를 닦으면서 공모이무기를 흘끗 쳐다보았는데, 국물에 꽂은 숟가락의 끝을 오른손의 엄지와 검지로 가볍게 잡은 채 아래위로 내리면서 깊은 생각에 빠져 있었다.

"어디서 밥을 먹고 왔어?"

"아침 겸 점심을 늦게 먹었더니 입맛이 없네."

"요새 술 잘 안 마시는 모양이네. 너 정도면 요즘 같은 선거철에는 매일 술 마셔야 하는 거 아니야?"

"너도 알다시피 우리 캠프가 술 마실 분위기가 아니잖아."

"선거는 판을 깨봐야 안다고 했는데 벌써 패배를

인정하다니 진짜 분위기 안 좋은 것 같네."

"놀리지 마라. 패배 인정은 무슨. 분위기가 그렇다는 거지."

"술 마시면서 할 말은 아닌 것 같고, 내가 싫어하는 줄 알면서, 거의 십 년이 넘게 얼굴 안 본 것 같은데 새삼스럽게 만나자는 이유가 뭔데?"

"빙 돌리지 않고 그냥 직진할게. 선거 정책 공조하자."

"그럼, 그쪽 후보가 사퇴라도 한다는 거야?"

"그게 아니고, 공통 공약과 상대 후보의 좋은 공약을 당선자가 이행하겠다고 선언하자는 거지."

"내 참 미치겠네! 그게 말이야 방귀야? 네가 선거운동하는 현 마스터 로봇이 선거에서 질 것 같으니 현재 마스터 기관에서 너희들이 추진하고 있는 정책을 계속 추진해달라는 것이잖아."

"야! 우리가 이번 선거에 꼭 질 거라는 확신이 있어? 왜 자꾸 질 거라는 말을 하는 건데. 기분 더러우니 이제 그런 말 하지 마라."

"아니, 질 것도 아닌데 왜 공약 공조 선언을 하자는 건데? 누가 봐도 웃기는 상황이잖아? 아니면 아직도 나를 우습게 봐? 상황 달라진 거 알지? 오늘도 너 만나러 안 올 수 있었는데, 그래도 옛정이 있어서 얼굴이나 보려고 온 거야."

"옛날에 너도 내 도움을 받았잖아?"

"이게 미쳤나! 아직도 정신 못 차렸다는 그 말이 딱 맞네."

"너나 나나 선거의 주요 쟁점을 판단하고 결정하는 후보 최측근은 아니잖아? 네가 섭장 로봇에게 우리 쪽 의사를 전달해줄 수는 있는 거잖아. 오늘 내 얘기는 이거니까 전달만 해주라."

"그래, 전달은 해주지! 선거공약 공조 선언하자는 제안을 해왔는데, 듣자마자 거절했고, 만약 공조 선언하면 나는 모든 선거운동에서 손 떼고 당선된 후에도 일절 협력하지 않겠다고 전할게."

"아이고, 알았다 알았어. 너 캠프 다른 운동원 만나서 다시 이야기해야겠다."

"로봇에서 이무기, 이무기에서 불가사리로 잘도 변신하네. 싸가지 없는 다른 불가사리들처럼 내 앞에서 바로 나를 제치네. 그런데 어쩌지? 네가 생각하는 이상으로 내 입지가 센데. 제발 정신 차려서 상황 파악부터 제대로 해라. 그래 네 마음대로 한번 해봐라. 그러면 상황 파악 제대로 될 거니까."

"알았다. 내가 계산하고 먼저 일어날게."

"좀 있어봐라. 너는 어찌 네 말만 하고 일어서려는데. 나도 네게 따로 물어볼 게 있다."

김장 로봇은 공모이무기가 로봇 시절에 교원능력개발평가, 성과상여금 반대, 학교 폭력 예방 및 기여 교원에 대한 승진가산점 반대 투쟁을 어느 로봇보다 표나게 열심히 해서 마스터 로봇 기관으로부터 징계까지 받았고, 이 덕분에 후배 로봇들과 선배 로봇들로부터 많은 존경과 지지를 받으며 입지를 넓혔으며 이후 마스터 로봇 선거 캠프에 교묘히 들어가서는 현재의 마스터 로봇이 당선되는 데 일조하고선, 이후에는 교원능력개발평가, 성과상여금, 학폭 가산점의 폐지에 대한 논의는 아예 하지 않고, 오히려 교육부가 이를 어긴 로봇의 징계 운운하며 고착화할 때 마스터 로봇과 기관은 왜 수수방관했는지 물었다.

공모이무기가 인수위에 들어가서 살펴보니 시급히 처리해야 할 다른 사안들이 많았고, 교육부의 확고한 의지에 마스터 로봇이 노골적으로 반대하면 마스터 기관과 로봇교육지원청, 로봇학교가 입을 손해가 걱정되었단다. 그 손해라는 게 마스터 로봇 기관의 예산 말고 다른 게 있었는지, 그런 이유까지 이해한다고 해도 도민들이 재선까지 밀어줬는데 약속을 지키지 않은 이유가 무엇이었는지 재우쳐 물었다.

많은 도민은 그런 정책들이 로봇의 질을 좋게 만든다고 믿고 있어서 굳이 도민의 의사에 반하는 행위를 해서 표를 잃을 필요가 없었단다.

한마디로 초심을 잃었고, 로봇의 지지로 당선된 마스터 로봇이 외연 확장이라는 이유로 로봇을 억압하는 정책에 찬동하며 편법으로 측근의 출세에만 열을 올린 결과가 이번 선거 분위기가 아니냐고 물었더니, 이제는 로봇만을 바라보는 마스터 로봇이 아니라 도민의 삶을 걱정하는 마스터 로봇으로 역할이 바뀌었단다.

그 말의 뜻은, 소문대로 마스터 로봇이 다른 정치적인 뜻이 있어서 로봇보다 도민에게 잘 보이고 싶었다는 의미인데, 로봇학교는 관심 밖에 두고 도민의 요구는 무조건 수용하는, 마스터 로봇으로서의 자질을 상실한 모습에서 로봇이 아닌 도민으로서도 지지할 수 없었고, 더군다나 도민의 삶을 걱정할 능력이 충분하다는 마스터 로봇의 오만한 태도와 최측근들의 생각을 도민들은 의심했는데도, 정치인이 절대 갖지 말아야 할 편협한 행보를 드러내어 지금의 몰락을 가져온 것을 정말 모르는지 궁금하다고 했더니, 그게 아니란다.

몰락하는 권력 속에서 작은 이권이라도 부여잡기 위해 지금 김장 로봇을 만나면서도 현실을 부정하고 싶은 건지, 정말로 현상을 제대로 파악하는 능력이 열등한 건지를 알 수 없었다.

"내가 너희들 무리 속을 벗어난 후에 너희들을 여유롭게 살폈더니 모든 모순이 보이더라."

"무슨 모순?"

"지금 네가 나를 만나는 것은 선거판이 어떻게 돌아가는지를 잘 알기 때문일 텐데, 지금 나에게 하는 말과는 전혀 맞지 않잖아?"

"그건 네가 순진해서지."

"순진…."

"그렇게 순진해서는 정치를 하지 못해. 그러니까 너 같은 로봇은 쓰임새가 딱 정해져 있는 거야. 선거가 끝나고 나면 너 스스로 물러나는 것이 너 정신 건강에도 좋고 섭장 로봇과의 관계도 지금처럼 유지할 수 있을 거야."

"그거는 네가 걱정할 필요 없고, 아무튼 감탄했다. 이제 너를 공식적으로 불가사리로 인정한다. 완벽한 변신을 축하한다."

"더 할 말 없으면 일어나지."

"일어나기는 하는데, 너를 만난 김에 개인적으로 풀 의문이 있어서 그러는데 근처 카페로 가서 커피 한잔하자."

"다음에 만날 일이 있을 건데, 오늘 굳이 이야기를 다 해야 해?"

"그건 너 생각이고, 단언컨대 다음에 너 만날 일 없어."

"내가 선거가 끝난 후에 마스터 로봇이 된 섭장 로봇 옆에 있으면 어쩔 건데."

"내가 공식적으로 너를 불가사리로 인정한다고 했잖아? 섭장 로봇 옆에 있어도 놀라지는 않을 거야. 적당히 이용하다가 버리라 할 테니까 잘 버텨봐."

"그래! 자리 옮기자."

"커피숍을 가자더니 웬 노래방?"

"시끄러운 커피숍보다 방음 잘된 노래방이 이야기하기가 더 좋다."

"노래는 안 불러도 돼? 주인이 쫓아내지 않아?"

"내가 아주 잘 아는 동생 집이니까 그런 걱정은 접어두고, 들어가보면 분위기 파악될 거야."

깔끔하게 차려입은 노래방 주인이 김장 로봇에게 깍듯하게 인사하며 기억처럼 오른쪽으로 꺾인 복도 제일 안쪽 방으로 안내했다. 조폭 영화에 나오는 고급 룸살롱보다 화려하진 않았지만 조잡하지도 않고 천장이 높아 갑갑하지 않아서 김장 로봇이 좋아하는 방이었다. 김장 로봇은 어디에 앉을지 몰라 주저하는 공모이무기를 무시하며 대형 화면을 마주한 긴 탁자 끝의 소파에 거만하게 털썩 앉았다. 공모이무기가 김장 로봇이 앉은 소파 왼쪽으로 길게 놓인 소파에 앉으며 문을 열고 들어오는 종업원을 쳐다봤다.

김장 로봇이 종업원에게 지갑에서 오만 원을 꺼내

서 아메리카노와 카페라떼를 시키며 한 시간만 있다가 갈 거라고 했다. 김장 로봇은 공모이무기가 빤히 쳐다보는 걸 알면서도 천장만 쳐다보며 아무 말도 하지 않았다. 종업원이 근처 커피숍에서 포장해온 커피 두 잔을 내려놓으며 거스름돈을 내미니 김장 로봇이 가벼운 미소로 종업원의 얼굴을 쳐다보며 거스름돈을 내민 손을 밀어넣었다.

“너한테 개인적으로 조용하게 물을 게 있어서 이리 오자고 했고, 이 노래방 사장이 친동생과 같아서 조용히 이야기하고 싶을 때 종종 이용한다.”

“분위기 죽이네. 다음에 내가 이용해도 될까?”

“안 된다. 설령 된다고 해도 너만은 안 된다. 오늘 헤어지고 나면 나의 사적인 공간에 너는 못 들어온다.”

“사람 일은 아무도 모른다. 속단하지 마라. 다음에 만날 때는 내가 그 자리에 앉아 있을 수도 있다.”

“그런 일은 절대 없을 거야. 혹여 그런 일이 생기면 어떤 희생을 치르더라도 거부할 거야. 이제는 욕심낼 것이 아무것도 없어서 내가 널 보기 싫으면 안 보면 돼, 손해 볼 일도 없을 거고. 아! 욕심 한 가지가 방금 생겼다. 네가 불가사리가 되어 마스터 기관에서 한 자리 차지하여 로봇학교 괴롭히는 그것. 내가 반드시 좌절시킬 거야. 넌 이번 선거로 영원히 아웃!"

"내가 어떻게 여기까지 왔는데, 평생을 로봇만 한 너에게 자존심 상하게 무릎 꿇을까 봐? 꿈도 야무지셔라. 내가 단언하지. 나는 너의 그 꿈 반드시 좌절시킨다."

빨대 달린 뚜껑을 열어 김장 로봇은 카페라떼를, 공모이무기는 아메리카노를 한 모금 마시며 서로의 얼굴에서 눈을 떼지 않고 소파에 몸을 기댔다.

"아까 개인적으로 물어볼 게 있다며? 얼른 말해? 노래 안 부르고 노래방에 있으려니 좀 이상하다. 이왕 들어왔으니 노래 한 곡은 하자?"

"내 가고 나면 실컷 불러라."

"그러면 여기 온 이유를 얼른 말하든지?"

지금까지의 김장 로봇답지 않게 한참을 꾸물거리다가 뭔가 큰 결심을 한 듯이 비장하게 물었다.

"네 몸에도 쇳덩어리가 있어?"

"으하하하, 하하하 난 또 뭐라고, 흐흐흐, 으흐흐흐."

쇳덩어리

김장 로봇이 로봇학교를 끼고 돌아가는 강을 물끄러미 쳐다보고 있었다. 이 학교는 김장 로봇이 갓 발령받은 로봇들과의 추억이 많은 곳이다. 지금은 폐교가 되어 마을에서 염색과 떡 만들기 체험장으로 사용하고 있다. 체험장의 대표가 그 당시 김장 로봇의 학부모여서 이 로봇학교를 떠난 뒤에도 아이 문제로 종종 연락을 주고받았고, 이 체험장이 협동조합으로 바뀔 때 김장 로봇이 출자금을 제법 많이 내어 무시할 수 없는 조합원이 되었으며, 퇴임 후의 시골살이를 위해 주변에 땅도 사두었다. 마스터 로봇 선거가 끝나면 집짓기를 시작할 것이었다.

김장 로봇은 대표가 내민 꽃차를 가볍게 들고 2층의 사무실에서 강을 내려다보고 있었다. 대표는 흔히 있는 일처럼 차만 건네곤 김장 로봇을 내버려둔 채 오늘 체험자를 맞을 준비를 했다. 거들어줄 처지가 되지 않은 김장 로봇이 체험장을 빠져나와 강둑을 따라 걸으며 어제 일을 떠올렸다.

공모이무기가 말한 쇳덩어리의 실체를 곰곰이 생각했다. 공모이무기는 쇳덩어리가 없다고 했다. 쇳덩어리는 학부모와 감정싸움을 할 때도 생기지만, 로봇이 이무기와 불가사리에게 대항을 시작하면 본격적으로 눈에 띄게 자라기 시작하여 싸움이 치열할수록 더 튼튼해진다고 했다. 학부모와 감정싸움을 피할 수 없는 로봇의 삶이므로 보통의 로봇은 기본적으로 쇳덩어리가 생길 수밖에 없지만, 아주 얇아서 느낄 수 없고, 간혹 삐뚤어진 학부모를 만난 로봇은 쇳덩어리가 피부와 장기, 뇌를 눌러서 이상 반응이 오지만 그 학부모를 멀리할 수 있는 방학을 지나고 나면 줄어들고 학년이 바뀌어 그 학부모를 만나지 않으면 원래의 두께로 돌아가서 문제없지만, 회복 시간 없이 이무기와 불가사리에게 시달리면 쇳덩어리가 계속 커진다고 했다. 이렇게 커진 쇳덩어리가 거추장스럽긴 하지만, 학부모, 이무기, 불가사리로부터의 공격을 막아내는 역할도 한다고 했다. 어느 시점부터는 더는 부피는 커지지 않고 밀도가 높아져서 로봇의 양심과 사명감을 보호하는 역할로 바뀐다고 했다. 하지만 로봇의 대부분은 쇳덩어리를 거추장스럽게만 생각하지, 로봇의 양심과 사명감을 보호해주는 쇳덩어리 덕분에 학교생활을 그나마 견딘다는 것을 알지 못한다고 했다. 그래서 떼어낼 생각만 한다고 했다. 경력이 많은 로봇이 어느 날 로봇학교 생활을 견디지 못하고 그만두는 원인이 쇳덩어리가 거추장스럽다며 다 떼어내어 로봇의 양심과 사명감을 공격하는 침략자를 방어할 수 없기 때문이라고 했다.

쇳덩어리가 일정한 크기가 되면 몸에서 쇳독이 만들어지고 배설기관을 통해 강한 산성을 띤 오줌으로 빠져나가고, 그렇지 못하면 로봇의 건강이 나빠진다고 했다.

로봇학교를 영원히 떠나 로봇의 양심과 사명감이

필요가 없어지면 자동으로 쇳덩어리가 사라져서 오줌도 산성이 아니라고 했다.

“사람 오는 줄도 모르고 뭘 그렇게 생각해요?”

“도 박사! 인기척을 해야지.”

“아까부터 강둑 저 끝에서 손 흔들며 뛰어왔는데, 누굴 탓합니까?”

“언제 내려왔어? 코로나19로 밀린 연구 활동한다고 바쁘다면서?”

“그래도 쉬어가면서 하려고 합니다. 샘이 그렇게 하라고 하지 않았습니까?”

“샘은 무슨 샘이라? 로봇이지.”

“남들은 다 그렇게 해도, 저에게는 로봇보다는 샘입니다. 어쩐 일로 갑자기 만나자고 했습니까? 제가 고향에 내려와 있지 않았으면 서울로 찾아올 기세던데….”

“갑자기 물어볼 게 생겼는데, 내 성격 알잖아? 네가 만만하기도 하고.”

“그래도 그렇지, 이제 저도 박산데 걸맞은 대우 좀 해주십시오.”

"네가 박사라고 해서 네 초임 시절에 로봇학교 그만둔다며 야단법석 생지랄 쇼한 걸 잊으면 안 되지? 그때 내가 얼마나 고생했는데."

"선생님! 그 얘기는 그만하시죠. 조만간에 결혼할 사람과 인사하러 올 건데, 그때도 이 얘기하면 진짜로 두 번 다시 안 봅니다."

"결혼할 거라고? 왜? 평생 혼자 살 거라며."

"그때와 지금이 같습니까? 사람이 변하는 게 당연한 것 아닙니까?"

"축하는 하는데, 잘한 선택이기를 바란다."

"역시 샘은 변한 게 없어요. 그런데 갑자기 궁금한 게 뭡니까?"

"네가 싫어할 것 같기는 한데, 네가 로봇학교를 그만둘 때쯤 네 몸에 무슨 변화가 없었는지 궁금해서."

순간 도 박사의 얼굴이 굳고는 한참 동안 아무 말을 하지 않았다. 김장 로봇이 둑길을 천천히 걷기 시작하자 도 박사는 멀찍이 따라왔다. 둑길이 끝나서 김장 로봇이 되돌아 걸으며 뒤따르는 도 박사를 마주하자 굳은 얼굴이 부드럽게 펴져 있었다.

•

로봇학교에 발령받아 아이들을 가르치면서 만족스러운 기분을 단 한번도 느끼지 못했습니다. 교재 연구와 온갖 교수 기법 연수에 정성을 쏟았지만, 언제나 마찬가지였습니다. 이 정도는 누구나 겪는다는 선배들의 조언이 있어서 참고 견뎠는데, 어느 날부터인가 아이들과 생활한 후 기분이 언짢으면 몸에 붉은 반점이 생기면서 몹시 가려웠습니다. 처음에는 단순히 알레르기로 생각하여 대수롭지 않게 여겼는데, 어느 날 손가락으로 긁는데 손톱 아래로 조그맣고 딱딱한 털 같은 게 까칠까칠하게 걸렸습니다. 시간이 흐르면서 더 크고 붉게 변하고는 가려움을 참을 수 없어서 긁으면 농이 흘렀습니다. 병원에서도 원인을 알 수 없다며 연고만 주길래 발랐지만 그때뿐이었습니다. 온몸으로 퍼지면서 숨쉬기 어려울 정도로 가슴이 답답했졌고 머리까지 지끈거렸습니다. 도저히 참을 수 없어서 로봇학교를 그만두겠다고 했습니다. 그때 부모님과 선생님 속을 정말 많이 썩였습니다. 다행히 선생님이 제 마음을 잘 받아주셔서 로봇학교 생활을 아름답게 마무리했고, 대학원에 입학하여 관련된 연구로 박사 학위를 받았으며 이제는 이 분야에서 꽤 인정받는 학자로 다음 학기부터는 국립대학교 교수로 임용될 예정입니다.

도 박사의 연구를 요약하면 선천적으로 쇳덩어리에 대한 거부 반응을 나타내는 사람이 있고, 이런 사람들이 로봇으로 임용되면 안 되는데 법적으로 그렇게 할 근거가 없다. 이런 사람이 로봇으로 임용되어 로봇학교 생활을 하면, 쇳덩어리의 부작용으로 정상적인 생활을 할 수 없다. 혼자서 참고 삭이다가 로봇학교를 그만두거나, 그만둘 사정이 안 되는 로봇은 이상한 로봇으로 낙인찍혀 로봇들에게까지 배척당한다.

이런 연구 결과를 근거로 알레르기 반응 억제제가 개발되었고, 사전에 거부 반응을 완화하기 위해 내년부터 희망하는 신규 로봇 중심으로 특별 프로그램을 운영할 예정이다. 그러나 쇳덩어리는 로봇의 양심과 사명감으로 생기는데, 억제제와 특별 프로그램이 로봇의 양심과 사명감을 무디게 하면 로봇의 자질 시비로 이어질 것이고, 이로 인한 로봇학교의 변화는 예측할 수 없다.

선천적 거부 반응을 가진 사람들이 기하급수적으로 늘어남에 따라 이들이 로봇으로 임용될 확률도 높아져서 국가로봇법, 로봇교육법과 시행령의 재개정을 포함한 국가 중심의 연구 프로젝트가 추진되고 있다.

"그 프로젝트에 도 박사도 포함되어 있어?"

"예, 제가 중추적 역할을 하고 있고 그것으로 국립대 교수로 임용되었습니다."

"그럼 네 초임 로봇학교 시절을 이야기한다고 나를 미워할 이유가 없잖아? 로봇학교 임용 초의 도 박사의 일탈을 연구로 입증했으니까 부끄러워할 일이 아니잖아?"

"샘! 그래도 부끄러운 건 부끄러운 겁니다. 앞으로 이야기 안 하기입니다. 절대로."

"알았다. 배고프다. 밥은 네가 사라."

"안 그래도 그럴 생각이었습니다. 좋아하시는 쇠고기 사겠습니다."

승리

섭장 로봇, 김장 로봇, 최장 로봇, 범장 로봇이 선거 개표 방송을 시청하고 있었다. 사전 여론 조사와 출구 조사에서 섭장 로봇의 압승이 예상되기는 했지만, 선거 결과는 아무도 모른다 했다.

저녁 8시 무렵에 섭장 로봇의 당선이 확정되었다. 김장 로봇은 섭장 로봇에게 다음에 따로 축하하겠다며 사무실을 벗어났다. 처음부터 압승이 예상되는 선거여서 힘들이지 않고 섭장 로봇 선거를 도왔지만, 선거 과정에서 알게 된 외부 정치 조직, 이무기와 불가사리의 존재를 알게 되어 향후 이들의 만행을 어떻게 저지할까에 대한 고민이 깊었다.

마스터 선거까지만 돕기로 했으니 이젠 손을 뗄까? 그들은 분명히 그들의 만행을 예쁘게 포장하여 학부모를 현혹하곤 로봇학교를 그들의 사업장으로 만들 텐데, 친구로서 섭장 로봇을 도운 게 로봇학교를 더 힘들게 하는 쓸데없는 짓이 아니었을까?

김장 로봇의 고민이 깊었다.

새로운 꿈

김장 로봇, 최장 로봇, 범장 로봇이 초원 막걸릿집에서 섭장 로봇의 마스터 로봇 당선을 축하하는 자리를 만들었다. 김장 로봇은 섭장 로봇의 최측근들은 배제하고 이번 선거에 남다른 힘을 보탠 분들을 초청했다. 주인 아줌마에게 예약하면서 다른 손님은 받지 말라고 했더니 퉁명스럽게 얼버무려서 통째로 빌린다고 재차 말했더니 손님이 많은 저녁 시간은 곤란하다고 했다. 그래서 오후 2시부터 저녁 6시까지 빌리는 대신 특별한 안주를 마련해달라고 했다.

오후 2시 20분쯤에는 빈자리가 거의 없었다. 김장

로봇이 사회를 보려 했는데 섭장 로봇이 데려온, 말재주가 뛰어난 사회자가 축하의 시작을 알렸다.

"비탈진 막걸릿집에서 축하 사회를 보는 것은 처음입니다. 남다른 의미가 있을 것 같은데, 이 자리를 만든 분을 대표해서 최장 로봇님이 축하 말씀을 하겠습니다."

"로봇학교를 떠난 후 남들 앞에서 이렇게 말하는 게 처음이어서 많이 떨립니다. 축하 자리에서 이러쿵저러쿵 잔소리를 많이 하는 게 실례이지만 남다른 의미가 있어서 기분대로 두서없이 말씀드리겠습니다."

"예, 짧게…."

"이곳은 섭장 로봇의 꿈이 시작된 곳입니다. 정확하게 말하면 자기 마음의 꿈을 현실로 옮기기 시작한 자리입니다. 그래서 좀 외지고 허름하고 좁지만, 그 초심을 잃지 말자는 의미에서 이곳으로 정했으니 널리 이해해주시기 바랍니다."

"꿈이 현실이 된 곳이네요. 자세한 이야기가 궁금한 분은 나중에 막걸릿잔을 부딪치며 이야기 나누시기를 바랍니다. 이어서 오늘의 주인공인 섭장 마스터 로봇님의 인사 말씀을 듣겠습니다."

"아직 취임하기 전이어서 마스터 로봇 호칭은 붙이지 말아주시기를 간곡히 부탁드립니다. 그렇게 하는 게 '초심을 잃지 말자'는 이 자리의 의미와 맞습니다. 먼저 이 자리를 만들어준 나의 절친 세 로봇에게 정말 감사드립니다. 그리고 불편한 이 자리에 기꺼이 참여해주신 저의 동반자님들께도 감사의 인사 올립니다. 다른 선거 때보다 비교적 쉬웠다고는 하나, 선거는 선거이기 때문에 다들 고생이 많았습니다. 무엇보다 선거 압승을 위해 그동안 묵묵히 기반을 다진 이 자리의 동반자님들의 눈물겨운 노고가 있었습니다. 몇 년 전에 현직 로봇인 제가 마스터 로봇 선거에 나가겠다고 공식 선언했을 때 얼마나 많은 사람이 비웃었습니까? 여기에 계신 분들의 눈물겨운 수고가 그 비웃음 다 걷어내고 오늘의 저를 만들었습니다. 결코 이 은혜 잊지 않겠습니다. 마스터 로봇에 취임한 후에도 동반자님들의 열망 잊지 않고 하나하나 챙겨서 실천하겠습니다. 지지와 채찍으로 궤도를 벗어나지 않도록 도와주십시오. 할 말이 정말 많은데…. 정말 고맙습니다. 고맙습니다."

"이어서 오늘 이 자리를 만든 분 중의 한 분인 범장

로봇님의 건배사가 있겠으니 앞의 잔을 채워주십시오."

"시작이 추억이 되었네요. 그 추억이 오늘을 만들었습니다. 섭장 로봇의 앞날을 위해 건배하겠습니다. 제가 '꿈은' 하면, 잔을 높이 '이루어졌다'라고 해주십시오."

"꿈은!"

"이루어졌다!"

참석한 분들이 서로 아는 사이여서 공식적인 소개는 생략하고 각자 막걸릿잔을 권하며 인사하기로 했다. 섭장 로봇이 김장 로봇에게 잔을 건네며 나중에 따로 할 말이 있으니 천천히 마시라 했다. 단숨에 잔을 비운 김장 로봇이 섭장 로봇에게 축하한다는 말과 함께 잔에 막걸리를 조금 채워 건네며 아군끼리 확인사살하지 말자며 웃었다.

오래간만에 보는 풍경이었다. 코로나19 이전부터 로봇학교의 삶이 로봇 개인으로 파편화되면서 회식문화가 사라지더니 코로나19로 완전히 사라졌다. 오늘 풍경은 옛날 회식의 재현이었다. 왁자지껄한 소음 말고는 의미가 없다지만, 일단 그 소음의 막을 걷어내고 한 발짝 들어서면 눈빛으로 어깨동무할 수 있는 분위기였다.

취기가 오른 김장 로봇이 잔을 들고 일어섰다.

"제 말 좀 들어주십시오."

김장 주변 말고는 집중하는 이가 아무도 없자 사회자가 막걸리 주전자를 젓가락으로 요란하게 치며 집중을 유도했다.

"김장 로봇님께서 하실 말씀이 있는 것 같습니다."

"중요한 이야기는 아니고, 친구가 마스터 로봇이 되어서 정말 기뻐서 한마디 하고 싶은데 들어주시렵니까?"

모두 "예"라고 함성을 지르니 사회자가 잔을 채우라는 시늉을 했다.

"정말 오래간만에 보는 풍경에 매우 기분이 좋아서 저도 건배 제의를 하고 싶습니다. 제가 '새로운 꿈을' 선창하면 '위하여'를 부탁합니다."

"새로운 꿈을!"

"위하여!"

다 함께 잔을 비우고 내려놓는데 여기저기서 간간

이 박수를 보냈다. 그때 누군가가 취기가 오른 목소리로 호기심을 드러냈다.

"새로운 꿈이 뭡니까?"

일동의 눈이 김장 로봇에게 쏠렸다.

"조직의 비밀입니다. 오늘 이 조직이 오랫동안 끈끈하게 유지되면 말씀드리겠습니다."

그러자 여기저기서 '조직을 위하여'라는 고함을 쳐댔다.

김장 로봇, 최장 로봇, 섭장 로봇, 범장 로봇이 일전의 노래방에 모였다. 섭장 로봇이 기분이 좋아서 위스키와 맥주를 시키니 주인이 소주와 맥주를 들고 왔다. 섭장 로봇이 의아해서 쳐다보니 김장 로봇의 친한 동생이라고 소개하며 어차피 폭탄주를 드실 것인데 위스키보다 소주가 훨씬 낫다며 능숙하게 두 술을 맥주잔에 부었다. 김장 로봇이 미리 주인에게 그렇게 부탁해놓았다며 섭장 로봇의 섭섭한 마음을 다독였다. 최장 로봇이 주인에게 한잔하라며 잔을 건네니 극구 사양하고 나가며 서비스 안주를 넣겠다고 했다.

섭장 로봇이 숟가락으로 맥주잔 안을 잽싸게 찍어서 세 로봇에게 권했다.

“요즘은 우리 말고 1차 끝내고 2차 노래방 오는 사람들은 없을 거야.”

“이 아름다운 전통은 우리가 굳건히 지켜나가야지.”

“그래도 지금 노래방은 건전하잖아. 옛날 우리가 한창 들락거릴 때는 아가씨 안 불러주는 곳 없었고, 술 팔면 안 되는 노래연습장마저 대놓고 팔아도 단속하지 않았잖아. 노래방 천국이었지.”

“노래방 천국이라, 나에겐 오늘만 천국일 것 같다. 내일부터 선거 캠프 해산하고 인수위 꾸려서 마스터 기관 인수하고 공약을 구체화하려면 정신없을 것 같다.”

“아까 할 말이 있다며?”

“그전에 아까 새로운 꿈을 얘기해서 마음이 철렁했다.”

“철렁하기는 뭐가 철렁해. 그렇게 또 시작하는 거지. 하고 싶은 말은 뭔데?”

“인수위원장 맡아주라. 최장, 범장 로봇 생각은 어

때?"

범장 로봇이 놀란 눈으로 다급하게 되물었다.

"김장 로봇이 마스터 로봇 기관 인수를 위한 인수 위원장을 한다고?"

"기분 나쁘게 왜 그리 놀라는데?"

"아니, 그건 아무나 하는 거 아니잖아?"

최장 로봇이 범장 로봇을 급히 만류하며 섭장 로봇을 거들었다.

"범장 로봇! 너는 여태까지 김장 로봇의 능력을 몰랐어? 김장 로봇이 이번 선거에서 어떤 역할을 했는지 잘 몰라? 김장 로봇이 왜 명예퇴직을 했는데…. 섭장 로봇! 나는 김장 로봇이 인수위원장을 하면 좋겠다."

섭장 로봇이 김장 로봇을 재차 재우쳤다.

"너만큼 마스터 로봇 기관을 연구한 사람은 없다. 그리고 공약도 네가 주도적으로 개발했는데 현행화하려면 네가 지금의 마스터 로봇 기관의 상황을 꿰차고 있어야 하잖아."

"그렇게만 얽어매지 말고, 내가 명예퇴직을 한 이유는 로봇의 정치적 중립에서 벗어나고 싶은 한을 풀기 위한 게 가장 컸다. 그것을 꼭 네 선거운동을 위한 것으로만 해석하지 마라."

"뭔 말인지는 아는데, 네가 좋아하는 정당에 가입하여 너만의 정치 활동을 하는 건 천천히 해도 되잖아?"

"너는 내가 당원비만 내는 평당원 활동만 하려고 명예퇴직했을 것 같아?"

"그럼 어쩔 건데?"

"로봇의 정치적 중립 철폐 입법 운동을 할 거다."

"일반 국민과 로봇들이 쉽게 호응할 것 같아? 완전히 호불호로 갈릴 것인데."

"힘들겠지. 지금까지는 다들 힘들다는 핑계로 손익계산하며 슬그머니 꼬리를 내렸잖아? 나는 죽을 때까지 해보려고. 죽기 전에 이루겠다는 마음이 아니고, 쉬지 않고 해보려고."

"마땅히 인수위원장 할 사람이 없는데…."

"네 정체성과 맞는 덕망 있고 상징적인 사람 많잖아? 잘 찾아봐."

최장 로봇이 끼어들었다.

"퇴직한 원로나 대학교수, 이런 사람들은 생각하지

마라. 지금 시대정신과는 안 맞는다."

범장 로봇이 자세를 고쳐잡으며 말했다.

"우리 캠프는 아니었지만, 화합의 차원에서 공모이무기는 어떨까?"

김장 로봇이 벌떡 일어나서 새되게 말했다.

"야이! 씨발 새끼야. 공모이무기가 너한테 접근했어? 우리가 이번 선거에서 압승한 이유 중의 하나가 그런 새끼들에게 싫증난 사람들 덕분이야. 그런 소리 두 번 다시 꺼내지 마라. 분명히 경고했다."

"그렇다고 욕까지 할 건 없잖아? 그런 생각도 해보자는 거지."

"섭장 로봇! 이거는 친구로서 아니면 동반자로서 경고이자 충고인데, 공모이무기 그 새끼는 절대 안 된다. 만약에 그렇게 되면 너와 나 사이는 영원히 끝이다."

한참 동안 말이 없었다.

"섭장 로봇! 네 새로운 꿈은 포기하는 거야?"

"포기는 무슨 포기! 우선 마스터 로봇으로서 역할을 잘하여 지지 기반을 튼튼히 하려는 거지."

"그러면 인수위원장은 극단적이지 않은 무난한 사람을 앉혀라. 나는 뒤에서만 도울게. 너는 내가 인수위원장 마치고 나면 마스터 로봇 기관 산하 교육정책 연구소장을 맡기려고 하잖아. 그렇게 되면 나는 또 로봇의 정치적 중립의 울타리에 갇힌다. 그리고 다른 로봇들과 사람들이 내 명예퇴직을 분명히 폄훼할 거야. 나는 21세기 대한민국 정치권을 강타한 사자성어 '내로남불'에 빠지기 싫다."

"알겠다."

"섭섭하게만 생각하지 마라. 이제는 네 역량으로 도민들의 전폭적인 지지를 받는 마스터 로봇이 돼봐라. 나는 정치에 입문하여 로봇과 로봇학교를 위한 일을 꾸준히 할 테니. 그게 너의 새로운 꿈을 이루는 데 더 도움이 될 거고."

오래간만에 폭탄주 잔뜩 마시고 목이 쉬어도 어깨동무를 한 채 마이크를 놓지 않았다.